햇볕이 아깝잖아요

햇볕이 아깝잖아요

나의 베란다 정원 일기

야마자키 나오코라

정인영 옮김

샘터

차례

1. 경치를 빌리다 《 9

2. 첫 독립, 첫 식물 《 19

3. 움직이는 것이 우리 집에 찾아온다 《 31

4. 사계절 정원 식사 《 43

5. 태풍이 불던 날 《 53

6. 아주 오랫동안 여행하기 위해 《 63

7. 쓰레기를 심다 《 75

8. 기형을 사랑하는 마음 《 85

9. 흙 속의 작은 씨앗을 찾으며 나이를 먹는다 《 93

10. 씨앗의 시간 《 103

11. 세상의 숨음질에 익숙해진다는 것   « 117

12. 싹이 트는 기쁨   « 131

13. '컴패니언 플랜트'의 세계   « 145

14. 녹색 커튼   « 157

15. 내가 편애하는 장미   « 171

16. 다시, 버섯의 계절   « 185

17. 겨울 생활   « 195

18. 베란다여 안녕   « 203

19. 밤의 정원 옆에서   « 209

• 그 이후의 이야기   « 215

일러두기

- 이 책에 등장하는 작품 가운데 국내에서 출간되지 않은 작품은 원어 제목을 병기하였습니다.
- 식물명은 되도록 우리말 이름으로 옮기되, 정확히 대응하는 이름이 없는 경우에는 영어 이름과 일본어 이름을 썼습니다.
- 읽기의 흐름을 방해하지 않기 위해 본문에 꼭 필요한 부분에만 원어를 병기하였습니다.

본문 일러스트 © 야마자키 나오코라

식물이 줄기를 뻗는 모습을 보면

내 몸의 구조에 대해 생각하게 된다.

꽃잎이 하나둘 피는 모습을 보면

인간도 이렇게 진화했구나, 공감하게 된다.

벌레 먹은 흔적을 보며 지구의 모양도

이런 식으로 변해왔겠다고 상상한다.

베란다는 세계의 축소판이다.

그저 바라만 봐도 충분하다.

1.

경치를 빌리다

누구에게든 온전히 나만의 것이라고 할 수
있는 '한 뼘의 공간'이 필요하다.

우리 집은 벽에 못 하나 내 맘대로 박을 수 없는 '남의 집'
이지만, 나는 이곳에서 식물을 키우고 작은 정원을 가꾼
다. 언젠가 원래 상태 그대로 집주인에게 돌려줘야겠지
만, 그래도 나는 이곳을 '내 공간'이라고 여긴다.

  내가 사는 곳, 추억이 깃든 장소, 내 눈에 들어오는

공간을 '내 것'이라고 여기는 감각은 인간에게 자연스러운 것이 아닐까. 나는 그리운 곳을 떠올릴 때, 추억이 많은 집을 떠올릴 때, 자연스럽게 '내 공간', '우리 집'이라고 중얼거리게 된다. 하지만 어른이 되고 나서는 '나만의 장소'를 조금씩 잃어가는 것 같다. 돈이 어떻고, 법이 어떻고 하는 식의 사회적인 언어에 익숙해지는 것이다.

다케다 유리코(수필가. 1925~1993)가 쓴 《후지 일기(富士日記)》라는 명수필이 있다. 소설가 다케다 다이준의 아내인 유리코가 후지산 근처에서 살았던 생활에 관해 쓴 책이다. 원래는 가족끼리 주고받은 교환 일기 같은 것이었다. 게다가 유리코는 막상 글 쓰는 데 관심이 없어서 남편이 노트를 건네자 싫어하기까지 했다. 그래서인지 수필 초반부에는 남편 다이준과 딸 하나의 글이 번갈아 나온다. 유리코가 남긴 글은 아침과 저녁에 무얼 먹었는지, 자동차 기름값이 얼마였는지 같은 단순한 생활 메모에 가까웠다. 그러다가 점차 유리코의 긴 글이 노트를 채우기 시작한다. 창밖의 풍경, 인간과 동물의 죽음, 후지산의 절경이 펼쳐진다. 유리코는 타고난 문장가다. 책을 읽다 보면 글에 압도되어 이건 유리코만 쓸 수 있는 글이구나 싶다. 아무리 문장력을 키우려 해도, 나는 절대 이런 글을 쓰지 못할 거다.

예를 들어 창밖으로 보이는 풍경 묘사에는 이런 문장이 있다.

1966년 5월 1일
해 질 녘의 벚꽃이 가장 아름답다. 몇 번이고 바라본다. 전부 내 것이다.

-《후지 일기》상권

1971년 8월 5일
아침밥을 먹는데 무지개가 서쪽 들판에 천천히 낮게 드리운다. 밥을 먹으며 바라본다. "이 풍경 여기부터 저기까지 다 내 거야" 하고 말하니 남편은 이해할 수 없다는 듯이 쳐다본다. 또 시작이군 하는 표정이다.

-《후지 일기》하권

햇볕이
아깝잖아요

경치를
빌리다

'경치를 빌린다'는 뜻의 '차경(借景)'이라는 단어는 조경 전문가들이 쓰는 용어지만, 많은 사람이 일상에서 체험하는 것이다. 지금 사는 집을 계약한 이유도 집 구경을 하던 날 경치가 너무 멋지다고 생각했기 때문이다. 집 안 설비는 낡았고, 바닥도 마루가 아닌 카펫에, 벽지에는 세월의 흔적이 고스란히 남아 있었다. 심지어 주방은 어릴 때 살던 집의 주방보다도 구식이었다. 내부 시설은 뭐 하나 마음에 드는 것이 없었다.

그러나 창밖으로 보이는 하늘과 푸릇푸릇한 나무, 빼곡한 빌딩 숲, 멀리 보이는 산 능선이 시선을 사로잡았다. 나는 집보다 집 밖 풍경에 마음을 빼앗겼다. 이사를 온 뒤 더욱더 놀란 점은, 날씨가 좋은 날에는 아침저녁으로 후지산 같은 산 하나가 보인다는 사실이었다. 그래도 설마 후지산이 저렇게 확실히 보일 리가 있나 싶었다.

며칠 뒤 외출하는 길에 관리인과 마주쳤다.

"사시기에 어떠세요?"

"아주 마음에 들어요. 베란다에서 보는 경치가 아주 근사해요."

"후지산이 보이죠."

그 말을 듣고는 '역시' 하고 생각했다.

집에서 후지산을 볼 수 있다니 대단한 특권처럼 느꼈다. 늘 보이지 않는다는 점도 좋았다. 낮에는 아파트 앞에 있는 산들의 완만한 능선들만 보일 뿐이다. 비가 오거나 흐린 날에는 전혀 보이지 않는다. 어쩌다 유난히 아름답게 보이는 아침에는 뭔가 좋은 일이 생길 듯한 예감에 계속 바라보게 된다.

후지산 말고 다른 풍경도 멋지다. 계절마다 나무들의 색깔이 변하는데, 벚꽃 시즌에는 분홍색이 길게 뻗어 있고, 단풍 시즌에는 오렌지색으로 물든다.

빌딩 숲은 낮에는 별로 재미가 없지만, 밤이 되면 연한 오렌지색과 푸르스름한 형광등 불빛으로 창문이 반짝여서 아름답다. 그리고 아주 멀리 다리처럼 보이는 것도 있다. 주변에 강이나 바다가 있는지, 어느 여름날에는 밤하늘에 쏘아 올린 불꽃 몇 발이 살짝 보인다.

이렇게 경치가 좋다는 사실을 부동산 중개인도 집주인도 몰랐던 걸까? 만약 내가 이 집을 누군가에게 빌려준다면 '경치세'를 받을 텐데! 아니면 대부분의 사람은 집에서 일하는 직업이 아니라 창밖으로 보이는 경치를 즐기지도 않고, 가치 있다고 느끼지 않을지도 모른다. 집에서 글 쓰는 직업을 가진 나에게는 딱 맞는 집이다.

창밖을 볼 때마다 나는 조용히 읊조린다.

"지금 내 눈에 보이는 건 다 내 거야."

한번은 여행하는 도중, 어느 지역의 큰 공원에서 노숙자들이 지은 집을 본 적이 있었다. 그야말로 완벽한 '차경'이구나 싶어 감탄했다. 공원이라는 장소는 대부분 정부나 지방자치단체의 소유이고 일종의 공공시설이다. 그런데 노숙자가 이곳에서 사는 것은 규칙 위반으로 간주하여 내쫓아버린다. '공공'이라면서 누구나 살 수 없다는 건 어째서인지 잘 모르겠다.

누구의 소유도 아닌 장소, 누가 무엇을 해도 상관없는 장소는 이미 지구상에서 사라진 것일까. 고대에는 누구나 자기가 좋아하는 장소를 찾아 거기에 집을 지었을 것이다. 나는 노숙자들의 행동이 나쁘다고 생각하지 않는다. 우리가 누리는 많은 장소는 '공공성'이라는 말을 앞세우지만, 사실은 누군가에게 완벽히 배타적인 게 아닐까.

중학교 때 로라 잉걸스 와일더(작가. 1867~1957)의 《초원의 집》 시리즈에 푹 빠진 적이 있다. 작가의 자전적 이야기를 담은 이 소설에서 그녀의 아버지는 가족을 데리고 미국 서부를 이동하며 토지를 일구어 집을 짓고 살았다. 땅을 파서 만든 토굴집, 나무를 잘라 짜맞춘 통나무 오두막도 있었다. 아마도 그 당시에는 적당한 장소를 발

견하면 땅을 사지 않고 마음대로 집을 짓지 않았을까. 그렇게 생각하니, 로라의 유소년 시절인 1870년대 미국 서부에서는 마음대로 집을 짓는 풍조가 있었을지도 모르겠다. 소박한 요리와 컨트리 풍 가구를 동경했던 나는 그 책을 열심히 읽어댔는데, 하나 마음에 걸렸던 것이 있었다. 미국 원주민을 가리키는 '인디언'이라는 말이었다. 그들은 분명히 로라네 가족 같은 백인들이 이주하게 되면서 원래 살던 땅에서 쫓겨났으리라.

이 책에서 '인디언'은 무서운 존재라는 표현이 자주 등장한다. 시대적인 한계로 인해 작가의 입장에서는 어쩔 수 없었으리라. 토지를 둘러싸고 지금까지도 누군가는 쫓아내고 누군가는 쫓겨난다. 모두 각자의 입장과 각자의 정의가 있을 것이다. 그러나 누구에게든 온전히 나만의 것이라고 할 수 있는 '한 뼘의 공간'이 필요하다.

언젠가는 단독주택을 사서 정원에 아보카도 같은 나무도 심고 밭도 일구는 삶을 꿈꾸지만, 이미 저금한 돈도 바닥났다. 지금은 월세를 내면서 '빌린 경치'를 즐기며

"저 경치는 다 내 거야"라고 중얼거리는 게 마음이 편하고 좋다. 여럿이 같이 봐도 좋고 각자 나름대로 즐길 수 있으니 다행이다. 다른 사람의 경치를 빼앗아야 한다면 상당한 고통이 따랐을지도 모르니까.

2.
첫 독립, 첫 식물

아침에는 후지산이 보이고, 낮에는 공원
의 나무들이 내려다보이고, 밤에는 멀리
서 신주쿠의 불빛이 반짝인다. 맞아, 이
거야. 난 이런 게 좋아.

4년 전쯤 서른이 된 나는 신주쿠 빌딩가에 있는 아파트
10층으로 이사했다. 신주쿠를 선택한 이유는 '성공하고
싶다'는 야심 때문이었다. 스물여섯 살이던 8년 전, 작가
데뷔작으로 받은 인세로 집을 빌릴 자금을 마련했다. 그
때까지 독립하고 싶은 마음은 컸지만, 돈이 없어서 실행

에 옮길 수 없었다. 겨우 집을 빌려 스물일곱 살에 독립했으니 일반적으로 독립하는 나이에 비해 꽤 늦은 편이었다. 남에게 이름을 말해줘도 모르는 역 근처의 5평 남짓한 좁은 집이 첫 보금자리였다. 간선도로 네거리에 있는 철근 건물 2층이었고 너무 시끄러워서 창문을 열 수가 없었다.

2년 뒤 이사한 집도 좁기는 마찬가지였다. 목조 건물 2층의 주방 딸린 원룸이었다. 맞은편 단독 주택이 주인집이어서 거의 창문을 닫고 지냈다.

그리고 또 2년 뒤 30대를 앞두고 커다란 파도가 밀려들었다. 일이 잘 풀렸다. 작가야 어디에 살아도 상관없는 직업이니 꼭 도심에서 살 필요는 없었지만, 그래도 한 번쯤 도쿄의 중심에서 살아보고 싶었다. 어떤 개그맨이 일부러 집세가 비싼 곳으로 이사해 자기 자신을 채찍질한다고 했었는데 한번 따라 해보고 싶었다. 거금을 투자해 신주쿠로 이사했다.

부동산 중개업자와 신주쿠의 집을 보자마자 결정했다. 창문이 마음에 들었다. 이렇게나 창문이 크다니. 매일 집 안에서 해가 뜨고 지는 것을 볼 수 있겠구나 싶어 무척 기뻤다. 출퇴근하는 사람들은 아침에 빠듯하게 움직이니 창밖을 느긋하게 바라볼 여유가 없고 밤에 푹 쉴 수 있다 해도 이미 캄캄하겠지. 휴일에는 외출하거나 잠을 잘 테고. 직장인이라면 창밖 풍경보다 인테리어 옵션에 먼저 관심을 보일 것이 분명하지만, 나는 집이 곧 직장이다. 평일에도 계속 집에 있다. 창밖으로 하늘이 보인다는 것은 일하면서도 해와 구름을 볼 수 있다는 뜻이다. 경치는 별로 좋지 않고, 나무도 없고, 신주쿠라고 해서 야경이 근사한 것도 아니었지만, 하늘만으로도 충분히 즐거웠다.

새시 창을 열고 양말이 더러워지는 것도 개의치 않고 베란다로 나갔다. 엄청 넓다. 그때까지 살았던 집의 베란다는 에어컨 실외기만으로도 꽉 찼다. 작은 건조대 하나를 놓고 겨우 빨래를 말릴 수 있는 정도였다. 그에 비하면 이 집의 베란다는 꽤나 여유가 있는 편이었다. 비상시에 베란다 문을 박차고 빠져나가야 하니 동선을 방해하는 물건을 두면 위험하다고 했지만, 작은 가구를 두면 통로를 확보하고도 충분히 빠져나갈 수 있을 것 같았다. 미니 테이블이나 화분 선반을 사면 지나다니기에 괜찮지 않을까? 두근두근했다.

　이사를 하자마자 바로 신주쿠에 있는 백화점으로 가서 야외용 은색 테이블과 의자, 그리고 화분대를 샀다. 그날은 일을 하느라 밤을 새웠다. 노곤한 몸으로 베란다 테이블에 앉아 맥주 한 캔을 땄다. 아침이 천천히 밝아왔다.

　신주쿠로 이사하고 얼마 지나지 않아 작가 친구들 네 명이서 오키나와로 여행을 갔다. 나하 시의 기념품 가게에서 드래곤프루트를 발견했다. 15cm 정도로 호리호리 길게 뻗은 초록색 소시지 같은 것이 비닐봉투 안에 들어 있었다. 꽃과 붉은 열매가 달리는 선인장과의 식물인데, 시들시들해 보여서 집으로 가져가도 잘 자랄 것 같지는 않았다. 그런데 그냥 사버렸다. 내가 처음 산 식물이었다.

　당시 열심히 읽던 히가시무라 아키코(만화가. 1975~)의 《해바라기 켄이치 전설》이라는 만화에 드래곤프루트가 중요한 소품으로 등장했기 때문이었다. 만화의 배경은 미야기 현인데, 여주인공은 좋아하던 식물원 주인이 맡긴 드래곤프루트를 정성스럽게 키워 꽃까지 피워낸다. 만화에서는 사람 키와 비슷하게 자랄 뿐만 아니라 머리에 장식할 수 있을 정도로 꽃이 피었다.

"갖고 싶었어."

가방 안에 소중히 넣었다. 친구들은 뭔가 이해할 수 없다는 표정이었다. 식물 가게도 아니고 기념품 코너에서 다 시들어가는 식물을 사다니, 쓸데없는 돈 낭비라고 생각하는 것 같았다.

드래곤프루트를 베란다 재배 1호 식물로 정하고, 도쿄로 돌아와 신주쿠 역 빌딩의 꽃집에서 화분과 물받이, 흙을 사다 심었다. 줄기가 호리호리해서 혼자서는 서지 못해 대나무 꼬치로 지지대를 만들었다.

그러자 신기하게도 눈에 띄게 자라기 시작했다. 대나무 꼬치는 금방 의미가 없어져 나무젓가락으로 바꿨다가, 다시 나무젓가락 두 개를 연결하고 그다음엔 제대로 된 지지대로 바꿔줬다. 여름 햇살을 받아 눈 깜짝할 새 에너지를 얻어 살이 붙었다. 생명력이 넘치는 드래곤프루트였다.

"선인장에는 물을 많이 주면 안 된다", "선인장을 잘라서 심으면 뿌리가 나니 많이 늘릴 수 있다"는 이야기를 사람들에게 들었던 적이 있다. 당시에는 "그럴 리가 없잖아" 하고 웃어넘겼다. 살아 있는 생명인데 물이 없는 게 좋을 리가 없지 않나. 게다가 씨앗이 아니라 줄기로 번식한다니, 상상할 수조차 없는 일이었다.

하지만 정말 드래곤프루트는 물 빠짐이 잘 되어야만 기분이 좋아 보였다. 최소한의 수분으로만 살고 싶은 것 같았다. 그렇게 위로 잘 자라던 드래곤프루트는 곁싹을 몇 개 내밀었다. 동글동글한 새순이 튀어나온 게 보였다.

새순을 잘라 그대로 흙에 묻었더니 정말로 얼마 뒤에 뿌리가 돋았다. 그리고 제각기 뻗어나가기 시작했다. 하나의 개체였던 드래곤프루트가 벌써 네 개가 되었다. 새롭게 늘어난 것은 드래곤푸르트의 '후손'이었지만, 모두 독립적인 하나의 드래곤프루트라는 느낌이 들었다. 이렇게 개체가 늘어나는 모습을 보고 있자니 나의 어떤 믿음이 흔들림을 느꼈다. 그 전까지 인간은 혼자서 살아가는 존재이며, 어떤 집단에 속해 있더라도 모두 다른 인격체라고 믿었다. 하지만 인간도 넓게 보면 '하나의 유기체'일 가능성이 있지 않을까?

드래곤프루트만으로는 외로워 보여서 화분을 더 사서 채우기로 했다. 신주쿠의 꽃집에서 히비스커스와 부겐빌레아를 구입했다. 드래곤프루트의 친구를 만들어줄 요량으로 남쪽 출신의 식물들을 골랐다.

새빨간 히비스커스 가지는 마치 파충류처럼 구불거린다. 야성미 넘치는 가지에 초록 물감을 칠한 듯한 이파리가 돋는다. 핫핑크색 부겐빌레아는 가냘픈 가지에 황녹색 이파리가 풍성하다. 꽃처럼 보이는 부분은 사실 꽃받침이고, 진짜 꽃은 쌀알처럼 작은 하얀 부분이라고 한다. 확실히 핑크색 부분을 햇빛에 비춰 보면 잎맥이 보인다. 부겐빌레아는 선명한 색깔 때문에 그런지, 보는 것만으로도 우울한 기분을 회복시켜주는 힘이 있다. 돈이 없던 20대 초반 동남아시아로 배낭여행을 갔을 때, 태국이나 말레이시아 등에서 자주 보았기 때문에 나에겐 무척 친숙한 꽃이다.

도쿄의 겨울 추위를 견딜 수 있을까 걱정했지만, 여러 해 버텨주었다. 가을이 되어서도 히비스커스는 꽃을 피웠다. 부겐빌레아는 아주 가끔씩 핑크색 꽃을 피웠지만, 그래도 오래 살았다.

신주쿠에 살기 시작하고 2년이 지났을 무렵, 또 다시 살고 싶은 동네가 생겼다. 연재소설을 쓰면서 '여기를 새로운 소설의 무대로 삼아야지' 하고 눈여겨본 곳이었다. 몇 번 취재하러 가는 동안 '여기에서라면 새로운 아이디어가 솟아날지도 몰라' 하는 생각에 중반까지 연재하던 도중 이사를 결심했다.

그때까지 나는 2년마다 이사했다. 이사할 때마다 새로운 곳에 정착해야겠다고 생각하기보다는 소설가로서 다양한 장소를 알아두는 게 더 좋다고 생각했다. 주변이 익숙해지면 나는 또 짐을 꾸렸다.

하지만 부동산 중개업소를 돌아다녀도 인기 있는 동네라 그런지 좀처럼 마음에 드는 집을 찾지 못했다. 이 동네 사람들은 한번 집을 얻으면 좀처럼 떠나야겠다는 생각을 하지 않는 건지. 지금까지의 이사는 조건이 비슷한 집이 몇 개 있으면 그중에서 고르는 식이었는데, 이번에는 조건을 꽤나 줄여야 했다. 그런데 그마저의 조건도 제대로 충족하는 집이 없었다. 크기가 적당하면 너무 오래됐다든지, 신축 건물이면 너무 좁다든지, 채광만 좋다든지 하는 식이었다. 부동산 중개업소를 열 군데나 돌아다닌 결과였다.

그래서 넓은 도로변의 아파트 3층의 북향집을 골랐다. 지어진 지 얼마 안 되어 인테리어도 근사하고 베란다가 넓은 데다 옵션도 좋았지만, 처음 집을 봤을 때는 확 와닿지 않았다. 하지만 집을 찾기에도 지쳐서 '이제 이보다 더 나은 집은 없을 거야' 하고 포기해버렸다.

이사해서 제일 먼저 한 일은 올리브 나무를 사는 것이었다. 베란다 맞은편 가까이에 전봇대가 있었는데 여기저기 튀어나온 부분과 전선이 보기 흉했다. 어떻게 해서든 그것을 가리고 싶었다. 가까운 슈퍼마켓 안의 꽃집에서 올리브 화분을 사서 직접 들어 옮겼다. 베란다에 내놓으니 약간은 가려졌지만, 책상에 앉아 창을 바라보면 전선도 보이고 도로를 지나는 차와 사람도 보였다. 게다가 집의 맞은편 보도를 걷다 보면 우리 집 안이 훤히 들여다보였다. 커튼을 치면 되겠지만, 경치를 내다보는 걸 좋아하는 나로서는 참으로 실망스러운 일이 아닐 수 없었다. '북향 집 / 베란다 정원', '그늘에서 자라는 식물' 등의 키워드로 인터넷을 검색했다. 햇볕이 부족해도 잘 자라는 꽃이나 나무는 있지만, 식물을 키우는 즐거움이 제한된다는 느낌을 지울 수 없었다.

그리고 한밤중까지 자동차 소리가 계속 들렸다. 멀리까지 이어진 도로인 듯 밤이 되면 장거리 운송을 하는 대형 트럭이 쌩쌩 달렸다. 운전을 하지 않기 때문에 도로 사정에 밝지 않았던 나는 집 앞이 그런 길이라는 것을 이사 전에는 눈치 채지 못했다. 며칠 동안 소리 때문에 고민하고 경치에 실망하고……. 한 달 만에 다시 이사를 하기로 결심하는 어리석은 짓을 하기에 이르렀다.

그리고 지금 집을 만났다. '전망이 좋을 것, 시끄럽지 않을

것' 두 가지로 조건을 좁히고 다른 것들은 다 포기했다. 오래되고 옵션도 없었지만, 전망 하나는 좋았다. 이런 경치를 매일 볼 수 있다면 다른 것들은 아무것도 필요 없겠다는 생각이 들었다. 남향이라 볕도 쬘 수 있었다.

아침에는 후지산이 보이고, 낮에는 공원의 나무들이 내려다보이고, 밤에는 멀리서 신주쿠의 불빛이 반짝인다. 맞아, 이거야. 난 이런 게 좋아. 인테리어가 멋진 아파트 따위는 내가 바란 집이 아니지. 남들에게 자랑할 것도 아니고. 이 경치를 보면서 나만 만족한다면 괜찮아.

게다가 11층이라는 위치도 좋았다. 후지산도 오르고 에베레스트 기슭의 캠프까지도 갔던 터라, 나는 높은 곳에서 내려다보는 경치를 좋아한다는 사실을 깨달았다. 그렇게 나는 올리브, 히비스커스, 부겐빌레아, 드래곤프루트를 베란다로 데리고 왔고, 지금의 생활을 시작하게 되었다.

첫 첫 　 ● 아 햇
식 독 　 　 깝 볕
물 립, 　 　 잖 이
　 　 　 　 아
　 　 　 　 요

3.

움직이는 것이 우리 집에 찾아온다

> 작은 것들을 계속 바라보면 우주로 이
> 어진다. 그래서 나는 베란다에 집중하고
> 싶다.

최근 4년 동안 조금씩 식물이 늘어났다. '베란다 가드닝'
하면 역시 바질. 씨앗과 모종을 쉽고 싸게 살 수 있고, 튼
튼해서 키우기 쉽기 때문에 초심자에게 적당하다. 식물
그 자체로도 즐길 수 있고 식재료로도 쓸 수 있어 좋다.
잎을 두세 장 따서 파스타나 샐러드 위에 살짝 올린다.

찾 우 움 × 아 햇
아 리 직 깝 볕
온 집 이 잖 이
다 에 는 아
것 요
이

슈퍼에서 한 봉지에 몇천 원 정도 하니 이렇게 키우는 것
도 좋은 방법이다. 그러니 베란다가 아니라도 창가나 주
방 한쪽에 작은 화분을 두고 바질을 키우는 사람이 많을
테지. 많이 자라면 바질 페스토도 만들 수 있다. 한번은
바질이 없어 슈퍼에서 몇 봉지를 사다가 만들어보았는
데, 차라리 완제품을 사는 편이 낫지 싶었다.

　우리 집 베란다에도 내가 '허브 정원'이라고 부르는
공간이 따로 있어서 봄, 여름, 가을에 여러 가지 허브를 수
확할 수 있다. 하지만 겨울이 되면 대부분 시들어버려 황
폐하다. 작은 화분에서 키운 바질만 간신히 살아 있다. 그
마저도 잎은 시들시들하고 삐쭉 자란 꽃대 끝에 작고 하
얀 꽃이 모여 있어 보기에도 좋지 않고 먹을 수도 없다.

　베란다가 남향이라 낮에는 빛이 많이 들어온다. 햇
볕을 쬐어 세로토닌을 몸에 저장하면 우울증 예방에 좋
다고 한다. 아침에 빛을 느껴 체내 시계를 어지럽히지 않
도록 조심하는 것이 중요하다는 이야기다. 일의 성격상
우울증에 걸리기 쉽고 하루 스케줄이 유동적이기 때문에
햇볕을 쬘 수 있을 때 가능한 한 많이 쬐려고 한다. 일이

없는 날이면 가까운 공원에서 30분 정도 산책한다. 그러지 못하는 날에는 베란다에 나가 물도 줄 겸 볕을 쬔다.

햇볕은 온종일 나는 것이 아니라 구름에 가려지기도 하고 약해지기도 한다. 그림자의 장소도 바뀐다. 볕이 강하게 내리쬐는 시간이 아깝게 느껴져 볕이 닿는 곳에 화분을 두고 그림자가 이동하면 다시 볕을 쫓아 화분을 옮긴다. 빛과 물만으로도 쑥쑥 자라는 초록이들이 신기하다.

나는 세상의 다양한 것들에 마음대로 이름 붙이는 경향이 있는데, 당연히 베란다에도 이름이 있다. 베란다를 절반으로 나눠 한쪽을 '나오 팜(Nao-farm)', 다른 한쪽을 '나오 가든(Nao-garden)'이라고 부른다. 먹을 수 있는 것을 기르는 곳이 팜, 꽃이 있는 쪽은 가든이다.

'내 친구'라고 부르는 참새들은 우리 아파트 입구 옆의 나무에 자주 모여든다. 아침에 짹짹하는 울음소리가 들려 베란다에서 얼굴을 내밀고 내려다보니 나무가 반짝거리길래 새일 거라고 생각했다. 외출하는 길에 올려다보니 스무 마리 정도가 나뭇잎 그늘에 있는 것 같았다.

찾아온다
우리 집에
움직이는 것이
× 아깝잖아요
햇볕이

그래서 나무에 '작은 새 나무'라는 이름을 붙였다. 참새 둥지일까.

지난 2년 동안 '참새는 낮은 곳을 날아다니며 낮은 나무에 산다'고 생각했는데, 올겨울 갑자기 11층인 우리 집 베란다까지 올라왔다. 아침 먹는 시간에 베란다에서 짹짹하는 소리가 들렸다. 11층은 꽤 높아서 '참새도 곧잘 날 수 있구나' 싶어 놀랐다. 베란다 난간에 다섯 마리 정도가 있었다. 가까이 가거나 얼굴을 내밀면 금세 파다닥 도망쳐 버리므로 슬쩍 곁눈질만 했다. 마음속으로만 '친구들이 왔군' 하고 반겼을 뿐이다. 너무 많이 찾아오면 시끄럽고 더러는 똥을 싸기도 하겠지만, 지금은 그저 귀엽기만 해서 더 많이 왔으면 좋겠다. 왜 왔을까 곁눈으로 슬쩍 살피니, 아마도 바질 꽃을 먹으러 온 게 아닐까 싶다.

곁눈질하는 내내 참새는 꽃을 쪼아 먹었다. 겨울이 되어 먹을 것이 없어지자 있는 힘을 다해 11층 베란다까지 날아올라, 볼품없는 꽃을 발견해서 먹고 있는 것이 틀림없었다. '정말 먹고 싶은 건 꽃이 아닐 거야'라는 생각에 작은 접시 위에 쌀을 놔두었다. 하지만 다음 날 참새는 쌀을 무시했다. 쌀은 딱딱하니까 목에 걸려서 먹지 않는 건가. '참새' 하면 벼농사가 떠올라서 쌀을 먹을 거라고 생각했지만, 참새의 먹이는 살아 있는 벼다. 사실 나는 도시에서 자랐기 때문에 자연에 대해서 잘 모른다. 참새가 무엇을 먹고 사는지조차도.

문득 옛날에 같은 반 남자애가 등굣길에 죽어가는 참새를 주워 학교에 데리고 왔던 일이 기억났다. 초등학교 2학년 때쯤이었나. "참새가 불쌍해"라던 아이는 그날 내내 책상 위에 참새를 올려놓고 그 옆에 교과서를 펼쳤다. 선생님도 어쩔 수 없었는지 그대로 수업을 했다. 학교가 끝나고 참새는 더 이상 움직이지 않았다. 남자애는 엉엉 울었다.

나는 그 모습을 보며 '자기기만'이라고 생각했다. 정확히 그 단어를 떠올리지는 않았겠지만, 쓰다듬기만 하고 먹이를 주지 않으니 죽어버린 건데 그런 것들은 생각하지도 않는다. 애당초 내 눈에는 '불쌍해서'가 아니라 '귀여워해주고 싶었기' 때문에 참새를 주운 것으로 보여

아 햇볕이
× 아깝잖아요
움직이는 것이
우리집에
찾아온다

서 그 남자애가 제멋대로라고 생각했다.

그런데 돌이켜보면 나는 언제나 방관자였다. 초등학교 시절의 다른 기억들을 떠올려봐도 뭔가 주도적으로 했던 기억이 거의 없다. 그저 옆에서 지켜만 보던 아이였다. 그때 다른 아이들은 참새가 불쌍하다고 만지거나 쓰다듬었다. 하지만 나는 끝까지 만지지 않았다. 참새가 그 관심을 좋아했을지는 모르겠다. 어쩌면 아이들은 그때 삶과 죽음에 대해 어렴풋하게 뭔가를 느끼지 않았을까.

그러고 나서 지금까지 단 한 번도 참새와 마주친 적이 없었다. 전깃줄에, 나무에, 베란다에 앉은 참새를 보기는 했지만, 그들은 눈이 마주치기만 해도 날아가 버리기 때문에 손을 뻗을 수도 없다. 내가 야생의 작은 새를 만질 기회는 한 번뿐이었다. 죽어가던, 또는 죽은 뒤의 그 참새뿐이었다.

어른이 되었을 그 남자애는 분명히 나보다 더 참새와 잘 사귈 수 있겠지. 어쩌면 삶과 죽음에 대해서도 좀 더 의연한 사람이 되었으리라.

참새가 쌀을 무시한 다음 날에는 슈퍼마켓에서 사

온 사과를 잘라 작은 접시에 담아서 내놓아보았다. 과일은 먹지 않을까. 베란다가 너무 인기가 많아져 이런저런 새들이 찾아오게 되면 곤란한데, 빨래도 널어야 하고……. 허튼 걱정을 하며 아침이 오기를 기다렸지만, 참새는 역시 바질 꽃만 먹을 뿐 사과는 무시했다. 그렇다면 바질 꽃이 정말 맛있을지도!

베란다에는 참새 말고도 여러 손님이 찾아온다. 까마귀도 온다. 어제자 신문에 까마귀 연구자의 기사가 실렸다. 까마귀를 조사하면 자연에 대해 알게 되고 동네를 더 잘 이해할 수 있다고 했다. 그러니 잘 알지도 못하면서 무턱대고 싫어하는 건 까마귀로서는 억울한 일이다, 까마귀를 좋아해달라고 당부했다.

참새는 좋아하면서 까마귀를 싫어하는 건 '옳지 않다'고 생각하지만, 솔직히 고백하건대 나는 까마귀가 '싫다'. 일하는 도중에 '파다닥' 소리가 들려서 휙 고개를 들면 까맣고 커다란 것이 난간에 앉아 있다. 순간 팔에 닭살이 돋고 등줄기가 쭈뼛 선다. 창문을 통통 두드려 위협하면 다시 날아가 버릴 때도 있고, 움직이지 않고 가만히 있을

찾아온다
우리집에
움직이는 것이
×
아깝잖아요
햇볕이

때도 있다. 한 달에 한 번은 그런 일이 꼭 생긴다.

　아무래도 까마귀는 참새보다 높이 날기 때문에 그 모습이 눈에 들어올 때가 종종 있다. 날 때는 상관없지만 곁에 다가오면 오싹하다. 화단을 망치면 곤란하고, 빨래를 건드리는 것도 싫다……는 나름의 이유도 있지만, 아마도 그냥 까마귀 자체가 싫은 거겠지.

　우리 집에는 TV가 없고, 음악을 트는 일도 거의 없다. 조용하게 지낼 때가 많기 때문에 날갯짓 소리가 그대로 귀로 전해진다. 나는 파다닥 소리가 무섭다.

　벌레도 찾아온다. 2년 전 어떻게 11층까지 올라왔는지 무시무시하게 생긴 애벌레가 화분 속을 꿈틀꿈틀 기어 다니고 있었다.

　"으아악!"

　옆집에도 나의 비명이 들리지 않았을까.

　5cm쯤 되는 털 난 애벌레였다. 나중에 나방으로 자랄 걸 생각하니 너무 싫었지만, 나방보다도 훨씬 기분 나빴다. 진한 밤색에 검정 줄무늬 애벌레가 빠른 속도로 움

직이니 털이 물결친다. 잡지를 찢어 돌돌 말아서 쫓으려고 하니 이리저리 꾸물꾸물 도망쳐버려 잡을 수가 없었다. 그렇게 살고자 하는 의욕이 넘친다면 어쩔 수 없지. 먹고 싶은 만큼 먹도록 그냥 놔두기로 했다.

다음 날 아침 애벌레는 자취를 감췄지만, 드래곤프루트의 몰골은 처참했다. 여기저기 쏠아 먹은 자국이 나 있었다. 마치 맥도날드의 부드러운 햄버거 번을 덥석 깨문 자국 같았다. '번(bun)'은 빵이라는 뜻인데, 학교 다닐 때 맥도날드 아르바이트를 한 적이 있어서 나는 여전히 햄버거 빵을 '번'이라고 부른다. 하지만 그렇게 작은 벌레였는데, 사람처럼 이빨 자국을 내다니 어떻게 된 걸까. 지구 정도의 별에서 오래 살다 보면 자기 입 크기와 상관없이 이런 자국을 낼 수 있는 걸까.

어쨌든 움직이는 것이 우리 집을 찾아오는 것은 기쁜 일이다. 비록 애벌레밖에 없을지라도. 높은 아파트에서 '라푼젤'처럼 머리카락을 늘어뜨리고 기다렸는데, 올라오는 건 애벌레뿐이라니.

가만, 우리 집을 찾는 손님 중에는 진딧물처럼 작은

햇볕이
아깝잖아요
×
움직이는 것이
우리 집에
찾아온다

벌레도 있다. 1mm 정도의 연두색 벌레가 꽃받침에 찰싹 달라붙어 있었다. 살펴보니, 역시 이파리에도 이빨 자국이 남았다. 이 녀석도 11층까지 어떻게 올라왔는지 수수께끼다. 공기 속에 진딧물 알이 떠다니는 걸까. 느낌상으로는 벌레가 '꼬인' 것 같다. 이렇게 눈앞에 작은 벌레가 기어다니는 걸 보면 '생물은 부모에게서 태어나는 종류가 있는가 하면, 공기 속에서 자연스럽게 발생하는 종류가 있다'라는 옛 철학자들의 말에 공감하게 된다. 호문클루스를 만들고자 한 중세 유럽 연금술사들의 마음도 상상할 수 있다.

벌레를 지그시 바라보고 있으면 재미있다.

아흔일곱 살까지 살았던 구마가이 모리카즈(화가. 1880~1971)는 죽기 전, 30년 가까이 집 밖으로 나오지 않고 정원을 바라보며 많은 시간을 보냈다고 한다. 그 덕분에 벌레나 작은 새를 그린 명작들이 많이 탄생했다. 오랫동안 개미를 관찰하고 난 후 그가 남겼다는 말도 참으로 인상적이다. "개미가 걷는 것을 몇 년 동안 지켜보다가 알게 된 사실인데, 개미는 왼쪽에서 두 번째 다리부터 걷기 시작합니다." 사실인지는 모르겠지만, 그렇게 관찰한 것만으로도 대단하다. 작은 존재들을 오래 지켜볼 줄 아는 사람은 아득히 오랜 시간을 사는가 보다.

오시마 유미코(만화가. 1947~)의 작품 중 《사바의 긴 가을밤(サバの秋の夜長)》이라는 만화 에세이에는 작가가 테이블 위에서 죽어가는 파리를 지그시 응시하는 장면이 있다. '마지막 물이 마시고 싶은지도 모르겠군' 하고 컵에 있던 물 한 방울을 떨어뜨리자, 표면장력으로 부푼 물방울에 파리가 머리를 넣고 물을 마신다. 그리고 "한참 동안 날개를 쓰다듬더니" 날아가 버린다. 그러고 나서 "몇 시간 동안 지켜봤더니 이제 파리의 몸짓을 완벽하게 재현할 수 있다"는 설명과 함께 오시마 유미코가 파리 흉내를 내는 그림이 덧붙여져 있다. 매우 좋아하는 장면인데, 결코 대단한 것을 묘사하지 않고도 마치 우주 이야기를 하는 것 같다.

그렇게 작은 것들을 계속 바라보면 우주로 이어진다.

그래서 나는 베란다에 집중하고 싶다.

햇볕이
아깝잖아요
×
움직이는 것이
우리 집에
찾아온다

4.

사계절 정원 식사

> 삶에는 생존이 전부가 아니듯, 베란다에
> 도 '목적'이 전부는 아니다. 나는 나의 모
> 히토를 위해, 나의 베란다 아침을 위해
> 식물을 기른다.

냉장고에 채소가 없어도 달걀과 쌀만 있으면 아침 식사
가 완성된다. 밥, 수프, 달걀 프라이, 샐러드, 요거트. 나의
기본적인 아침 메뉴다. 5월과 10월, 날씨가 좋은 아침에
는 조촐한 메뉴들을 접시에 담아 베란다 테이블에 늘어
놓는다. 베란다까지 나가기가 좀 귀찮기는 하지만, 베란

다에서 맞는 아침은 귀찮음을 무릅쓸 만큼 기분이 좋다.

베란다 정원이 환영받는 데는 식물이나 꽃뿐만 아니라 식탁에 올릴 수 있는 과일이나 채소도 기를 수 있기 때문이다. 최소한 안전한 식재료를 직접 재배할 수 있으니까. 물론 기대했던 만큼 효과를 보는 것은 아니다. 돈한 푼 들지 않는 물과 흙, 햇볕을 이용하니 그만큼 비용이 절감된다고 착각하기 쉽지만, 실제로는 좋은 흙과 비료를 사고 취향에 맞는 플랜터와 화분을 구하는 데 꽤 많은 돈과 노력이 필요하다. 그래도 먹고 싶을 때 필요한 만큼 잎이나 열매를 얻을 수 있다는 점이 이런 모든 점을 상쇄하지만.

베이컨이나 비엔나 소시지만 있으면 베란다에서 몇 가지 채소를 따 와 도시락 정도는 거뜬히 쌀 수 있다. 바질, 고수, 파슬리도 조금씩 잘라서 아무 데나 곁들일 수 있다. 키우는 데 오래 걸리지도 않고 허브용 미니 플랜터에 심으면 공간을 많이 차지하지도 않는다. 순무와 미니당근도 심어봤지만, 벌레가 잘 꼬여 애를 먹었다. 다 자란 후에는 크기도 작고 모양도 이상해서 꽤나 실망했다.

베란다에서 먹기 위해 기르는 식물은 주로 허브류, 토마토, 방울토마토, 여주, 풋콩 등이다. 이런 식물들은 조금 자라면 바로 먹는다. 딸기, 마카다미아, 자몽, 아보카도 등은 열매가 열릴 때까지 상당한 시일이 필요하다. 아직 먹지 못한 '미래형 식재료'인 셈이다. 반면 페퍼민트는 무척 튼튼해서 그냥 내버려두어도 쑥쑥 자란다. 벌레도 거의 꼬이지 않는다. 요거트나 아이스크림을 유리그릇에 담고 페퍼민트 잎을 다져 뿌리면 귀여운 디저트가 된다.

시원한 여름밤에는 베란다 테이블에서 칵테일을 마실 때가 있는데, 진 토닉이나 캄파리 앤 오렌지에 페퍼민트를 살짝 띄우면 근사하다. 페퍼민트와 가장 잘 어울리는 술은 뭐니 뭐니 해도 모히토다. 페퍼민트를 넉넉히 따서 절구로 빻아 글라스 바닥에 깐다. 럼을 따르고 소다를 더한다. 레몬이나 라임이 있다면 즙을 짜넣고 슬렁슬렁 휘저으면 완성. 술을 좋아해 나름 여러 바를 다녔지만, 요즘엔 베란다를 나만의 전용 바처럼 즐기게 되었다.

반면 실내에서 키우기 좋은 것은 새싹 종류다. 요즘 가장 애착하는 건 브로콜리 새싹. 씨앗 봉투에 '미국에서 엄청난 붐 - 울트라 건강 채소'라는 광고 카피가 눈에 띄었다. 정말일까 의심하면서도 마음이 끌렸다. 영양을 섭취할 수도 있고 맵싸한 맛이 좋아 여러 요리에 곁들여 먹는다. 비료도 필요 없고, 볕이 약해도 상관없다. 일회용 용기에 심어도 충분하다. 흙이 전혀 필요 없어서 기르기도 편하다. 스펀지나 키친타월에 씨앗을 뿌리고 마르지 않도록 계속 물을 주면 일주일 만에도 먹을 수 있다.

처음에는 딸기 포장 용기에 키친타월을 깔고 씨앗을 흩어뿌리기한 뒤, 분무기로 물을 주었다. 그렇게만 해도 잘 자랐지만, 몇 번 되풀이하는 동안 재배법을 개량했다. 물이 잘 빠지도록 하기 위해 포장 용기를 겹쳐 쌓아 그 사이에 공간을 만들어주는 것인데, 네모난 샌드위치 포장 팩이 가장 좋다. 우선 뚜껑 윗면에 물 빠짐 구멍을 내고 양 옆면에도 구멍을 뚫는다. 옆면에 뚫은 구멍에 이쑤시개를 꽂고, 뚜껑을 뒤집어 겹쳐주면 자연스럽게 아래에 공간이 생겨 수분도 적절히 유지되고 통기성도 좋다.

또 하나의 개량은 키친타월을 한 번 사용할 만큼씩 잘라 두는 것이다. 3cm 정사각형으로 자른 키친타월 위에 씨앗을 뿌리면, 한 칸씩 떼어서 된장국 같은 음식에 바로 사용할 수 있으니 무척 편리하다.

그리고 올해 가장 많이 재배한 채소는 상추 종류다. 작년에 조금 키웠는데 무척 마음에 들어 '나오 팜'의 메인 채소로 삼기로 했다. 여름에 왕창 잎을 따도 사흘이면 원래 크기로 자랄 만큼 성장이 빠르다. 나의 비결은 수확할 때 광합성이 가능한 잎을 남겨두는 것이다. 잎을 다 따면 시들어버리고, 줄기가 자라기 시작하면 눈 깜짝할 사이에 쑥 자라 꽃을 피워버리기 때문에 줄기가 자랄 것 같으면 끝부분을 잘라줘야 한다. 상추류는 잎을 따서 접시에 담기만 해도 샐러드가 된다. 참깨 드레싱이나 올리브 오일에 식초와 후추소금을 섞어 뿌려 먹는다. 여기에 방울토마토까지 곁들이면 더욱 먹음직스럽다.

남편이 좋아해서 자주 만드는 수프가 있다. 요리연구가 다카야마 나오미의 저서 《채소 한 그릇》에 소개된

순무 수프다. 순무를 반으로 잘라 냄비에 넣어 버터와 함께 끓이는 간단한 요리인데 무척 맛있다. 저자는 마지막에 뿌리는 허브, 딜이 '결정적 한 수'라고 했다. 처음 책을 읽었을 때는 그런 세련된 식재료는 모르기도 하거니와 왠지 폼 잡는 것 같아서 살지 말지 고민했다. 생략할까도 싶었지만, 그날은 남편의 생일이었기 때문에 제대로 만들어주고 싶었다. 평소에는 잘 가지 않는 비싼 슈퍼마켓에 갔더니, 허브 코너에 '딜'이라는 이름표가 붙은 가느다란 잎사귀가 팩으로 포장되어 있었다. 참깨처럼 뿌리는 용도라 이렇게까지 할 필요가 있을까 생각하면서도 일부러 찾았던 재료니까 사 와서 수프를 만들어 먹었다. 딜은 순무 수프에 상큼하게 어울렸다. '중요한 재료였구나.' 내심 감탄했지만, 가느다란 이파리는 시드는 속도도 빨라서 결국 남은 딜은 버리고 말았다.

그래서 씨앗을 사서 키워보고 싶었다. 수프를 만들

때에는 잎사귀가 달린 가지 하나만 사용한다. 순무 수프 뿐만 아니라 양식 요리에 두루 잘 어울린다. 스튜나 감자 샐러드에 뿌려도 좋다. 아침에 시간이 없을 때는 집에 있는 채소와 베이컨을 다져 끓인 육수에 딜을 뿌리기만 하면 훌륭한 수프가 된다. 슈퍼마켓에서 포장해서 파는 것에 비하면 갓 딴 잎사귀의 맛은 차원이 다르다. 딜은 대단하다. 그렇다고 누군가에게 추천하지는 못하겠다. 괜히 부끄러우니까. 오히려 흔한 재료인 파에 대해서는 얼마든지 대단하다고 치켜세우고 싶지만, 딜은 있어 보이는 척하는 것 같아서 민망하다.

파도 딜과 똑같다. 잘게 다져 된장국에 넣을 뿐인데 맛이 한층 두드러진다. 하지만 된장국 하나 때문에 파를 사는 것은 사치스럽다는 생각이 들어 그마저도 넣지 않을 때가 많다. 어느 날 지인이 "파 뿌리 부분은 다들 버리잖아요? 뿌리 밑동을 흙에 묻으면 점점 자란대요" 하길

래 반신반의하며 물어보았더니 말라버렸다.

처음 묻은 것은 대파였다. 대파는 아무래도 안 되나 보다. 분명 잘 자라는 방법도 있을 텐데, 몇 번을 시도해도 자란 건 초록 부분뿐이다. 대파는 흰 뿌리 부분이 맛있어서 베란다에서 키우기에는 맞지 않았다. 그래서 다음에는 쪽파 뿌리를 물어보았더니 며칠 뒤 놀랄 만큼 자라났다. 된장국에 한 번 넣어 먹을 수 있을 정도로 잘라 냈는데, 며칠 뒤 다시 원래 길이대로 자랐다. 속이 비어 있는 듯 부실해 보이기는 했지만, 충분히 맛있고 편리하다. 비료가 거의 필요하지 않고, 어차피 뿌리는 버리는 부분이니 제법 좋은 절약법이다.

재배하는 식물에 대한 나의 마음가짐이 전문 농업인과 같을 순 없다. 농부가 내 베란다를 본다면 소꿉장난처럼 보일 것이다. 재미로 키우고, 실험하는 셈 치고 먹는다. 맛이 있는지 없는지, (사실 좀 더 솔직히 말하자면) 접시에 담았을 때 그럴듯한지 아닌지에 더 많이 신경 쓴다.

누군가에게는 먹을 것을 가지고 쓸데없는 짓을 하는

것처럼 보일 수도 있겠다. 나의 생명을 부지하기 위해 어쩔 수 없이 생명을 취하는 것도 아니고, 생계를 위해 필사적으로 키우는 것도 아니다. 하지만 삶에는 생존이 전부가 아니듯, 베란다에도 '목적'이 전부는 아니다. 나는 나의 모히토를 위해, 나의 베란다 아침을 위해 식물을 기른다.

5.
태풍이 불던 날

노력해도 어쩔 수 없을 때가 있다는 사실을 태풍이 왔을 때 느낄 수 있다. 인간으로서 어쩔 수 없는 무력감이 오히려 나를 안도하게 한다. 나는 한낱 인간에 불과하므로.

어머니의 말로는 내가 태어난 날, 태풍이 세차게 불었다고 한다. 그 바람에 아버지는 병원에 오지도 못했다고. 나는 태풍이 싫지 않다. 사실은 태풍을 좋아한다. 태풍 때문에 고생한 사람들은 나보고 경솔하다고 화를 낼지도 모르겠지만…….

불던 날
태풍이

●

아깝잖아요
햇볕이

태풍이 다가온다는 불안한 마음, 저기압의 답답함, 호우를 피해 방 안에 틀어박혔을 때 세상이 끝나는 느낌, 그리고 태풍이 지나간 뒤 찾아오는 파란 하늘의 근사함. 매순간 긴장이 솟는다. 태어난 순간, 날씨의 급격한 변화를 맛보았기 때문에 태풍과 친해지기 쉬웠을지도.

올해도 태풍의 계절이 찾아왔다. 생일 즈음에 태풍이 불 때가 많은데, 내 성격도 딱 태풍 같다. 친구들을 봐도 각자 어울리는 날씨가 있다. '맑음', '약간 흐림', '촉촉이 내리는 비', '싸락눈', '여우비', '따뜻한 햇볕', '선명한 저녁노을' 등 그 성격과 꼭 맞을 것 같은 날씨가 있다. 나는 역시 '태풍'이다.

나는 태풍이 온다는 사실을 알면 들뜨기 시작해서 종종 '비일상(非日常)'을 즐긴다. 우산살이 부러지면 까무러치게 웃고 물웅덩이를 깡충깡충 뛰기도 한다. 분주히 식료품을 사다가 집에 쌓아놓으면 마치 캠핑이라도 온 것처럼 설렌다.

최근 몇 년 동안은 태풍을 대비해 가장 먼저 베란다 정원의 화분을 옮겼다. 내가 다치거나 식물이 꺾이는 일도 물론 피하고 싶지만, 그보다도 누군가에게 해를 끼치게 될까 봐 두렵다. 지금까지의 경험으로는 화분이 쉽게 깨지지 않지만, 혹시라도 깨져서 그 파편에 다른 사람을 다치게 하면 어쩌나 걱정한다. 그래서 태풍 예보를 접하면 부지런히 베란다에서 현관으로 화분들을 나르기 시작한다.

　　힘을 꽤나 쓰는 일이지만 대부분 혼자서 한다. 현관과 베란다를 오가며 부지런히 화분을 나른다. 현관이 가득 차면 욕실로 옮긴다. '녹색 커튼(건물 외벽이나 터널형 시설물에 덩굴 식물을 심은 커튼 형태의 구조물)'과 연결된 플랜터처럼 너무 큰 것들은 그대로 놔둔다. 뿌리를 내리기 위해 대용량의 흙이 들어 있어 옮기기가 너무 힘들기 때문이다. 만약 플랜터가 날아간다면 베란다 자체가 무너질 정도의 엄청난 강풍이 틀림없으니, 그때는 플랜터 문제가 아니라 아파트 자체가 큰일 날 게 분명하다. 플랜터는 플라스틱이니까 만에 하나 무슨 일이 생겨 부서지더라도 크게 위험하지는 않다.

녹색 커튼의 뿌리 부분은 묵직하기 때문에 대부분의 태풍에도 끄떡없지만, 덩굴이나 잎이 얽힌 부분은 벽에서 떨어질 확률이 꽤 높다. 우리 집은 셋집이라 자국이 남는 강력한 고리나 못은 설치할 수 없다. 그래서 '자국이 남지 않는다'는 고리를 벽에 붙여 그물을 달았다. 태풍이 오면 그중 몇 개가 날아가 그물이 덜렁덜렁한다. 사실 지금도 덜렁거리고 있다. 작년에는 몇 번이나 고리를 사서 다시 달았지만 올해는 이번 태풍에만 떨어졌다. 그래도 가까스로 두 개 정도는 붙어 있는 채여서, 덜렁거리기는 해도 그물이 완전히 떨어지지는 않았다. 줄기가 너무 무성해져 장미 지지대와 촘촘한 방충망까지 뻗어나가 몸을 지지하기 시작하자 고리가 몇 개 없어도 녹색 커튼은 떨어지지 않았다.

슬슬 녹색 커튼의 계절이 끝나고 추운 계절이 돌아오기 때문에, 더 이상 고리를 사지 않고 그냥 이 '덜렁덜렁' 상태로 지내보려고 한다. 금방이라도 떨어질 듯한 그물이 걸려 있는 창밖 경치도 매력적이다.

작년인가 여행 중에 도쿄에 태풍이 왔다는 뉴스를 보고 남편에게 '괜찮아?' 하고 메시지를 보냈다. '화분은 현관으로 옮겨두었어.' 남편이 답장했다. 그때까지 베란다는 주로 내가 관리하는 편이어서 낮에만 살금살금 옮기고 남편에게는 일일이 설명하지 않았다. 보통 남편이 없는 낮에 태풍 예보가 많았던 탓도 있다. 퇴근하고 돌아온 남편은 발 디딜 틈 없는 집 안 꼴에 웃기만 할 뿐이었다. 그때까지만 해도 남편은 베란다 일을 남의 일처럼 생각하는 줄 알았다.

하지만 역시 알고 있었구나. '태풍이 올 때는 집 안으로 화분을 옮긴다'는 사실을 입력해두었구나 싶어 감동했다. 태풍이 그치고 집에 돌아오니 베란다가 뒤죽박죽이었다.

"미안. 원래 있던 자리를 잊어버려서 원상 복귀는 못 했어."

멋쩍게 얘기하는 남편의 말이 귀여웠다. 엉망진창이라도 괜찮았다. 베란다 안에서 화분의 배치를 바꾸는 작업이 귀찮아서 얼마간은 엉망진창인 상태로 물을 주었다. 그리고 조금씩 원래대로 바꿔나갔다.

태풍이 오면 현관은 화분으로 빼곡히 차서 발 디딜 틈이 없다. 외출하고 돌아와 현관문을 열 때 잎사귀들이 얼굴에 닿을 듯이 모여 있으면 피식 웃음이 난다. 벽에 기대어 조심조심 까치발로 현관을 지나 신발을 벗고 집 안으로 들어간다. 심심한 일상을 탈출한 느낌이 들어 즐겁다.

"태풍이 온다고 하니 일찍 퇴근하세요."

서점에서 아르바이트를 했던 시절에는 태풍이 오면 점장의 지시에 따라 서점 문을 일찍 닫고 퇴근했다. 초등학교 때도 악천후로 평소보다 일찍 집에 간 적이 몇 번 있었다. 일요일이나 공휴일도 좋지만 이렇게 갑자기 찾아오는, 천재지변으로 얻게 된 휴가가 무척이나 즐겁다.

세상에는 내 힘으로 어떻게 할 수 없는 것, 아니 인간의 힘으로는 도저히 안 되는 것이 있다. 나는 결코 세상 밖으로 나갈 수 없다. 영문을 알 수 없는 존재로부터 나를 지키는 방법을 모른다. 어느 정도까지는 도망칠 수 있을지도 모른다. 기상청이 태풍의 진로를 예측하고 그 정보를 통해 외출을 피한다. 현관으로 화분을 옮기고 불행으로부터 몸을 숨긴다. 하지만 완벽하게 숨을 수는 없다. 언젠가는 그 영문을 알 수 없는 존재 앞에 엎드려 죽음을 맞이하겠지.

노력해도 어쩔 수 없을 때가 있다는 사실을 태풍이 왔을 때 느낄 수 있다. 인간으로서 어쩔 수 없는 무력감이 오히려 나를 안도하게 한다. 나는 한낱 인간에 불과하므로. 태평하게 될 대로 되라 하는 마음이 된다.

태풍이 지나가고 활짝 갠 하늘은 무척 근사하다. 창문이 삐걱거리는 불안한 밤을 지나 아침이 오면 창문 너머 투명하고 푸른 하늘을 만난다. 그 순간의 경이로움은 말로 다 할 수 없다. 하늘도 가끔은 청소를 해야 하는구나 싶다. 강력한 진공청소기로 빨아들였는지, 커다란 빗자루로 쓸어냈는지, 티끌 하나 없는 하늘. 보통 때의 하늘도 아름답지만, 태풍이 지나간 하늘에 비할 수는 없다.

투명한 대기권을 뚫고 햇볕이 쏟아진다. 태풍이 지

나간 뒤, 베란다로 식물들을 다시 옮기면 내리쬐는 볕을 받아 잎사귀가 빛나고 나무와 꽃들도 태풍이 무사히 지나간 사실을 기뻐하는 것처럼 보인다. 인간이 보호하지 않는 식물들은 태풍에 꺾이거나 쓸려가기도 하겠지. 하지만 그것대로 받아들여야지 별수 있겠나.

식물은 각자의 의지대로 살지 않는다. 햇볕을 좋아하고 거센 바람은 싫겠지만, 자신의 세상에서 태풍처럼 알 수 없는 존재에 저항하려는 의지는 없으리라.

나 역시 식물과 같은 태도로 살아가고 싶다.

그래도 나에게는 인간 세상과 잘 지내는 것이 중요하니까, 트위터에 '태풍이 좋아' 같은 말을 남기지는 않는다. 다만 내가 쓰는 글에서는 이런 경솔함도 표현하고 싶다. 어쨌든 나는 태풍이 부는 날 태어났으니까.

세상에는 내 힘으로 어떻게 할 수 없는 것, 아니 인간의 힘으로는 도저히 안 되는 것이 있다. 나는 결코 세상 밖으로 나갈 수 없다. 영문을 알 수 없는 존재로부터 나를 지키는 방법을 모른다. 언젠가는 그 영문을 알 수 없는 존재 앞에 엎드려 죽음을 맞이하겠지.

불 태 • 아 햇
던 풍 깝 별
날 이 잖 이
        아
        요

6.

아주 오랫동안 여행하기 위해

> 내가 매일 물을 주는 이유는 식물에 대한 애정 때문만이 아니라 나 자신이 즐겁기 때문이다. 베란다에 있으면 기분이 좋다. 물뿌리개를 식물에 향할 때마다 그 식물을 생각하면서 고요해진다.

나는 작은 세상에 살고 있다. 외로움에 둔감해서 문자 메시지나 전화도 잘 하지 않고, 누군가를 만나지 않아도 아무렇지도 않다. 멍하니 베란다에서 하루를 보낼 수 있다. 하지만 가끔 답답하다. 특별히 누군가를 만나고 싶다는 생각은 없지만, 문득 사고가 조금씩 정체되는 듯한 느낌을

아주 오랫동안 여행하기 위해 × 아깝잖아요 햇볕이

받을 때는 괴로워진다. 외부에 관심이 없다 보면 모르는 것이 많아지는데, '모른다'는 사실 자체를 깨닫지 못할 때도 있다. 그러다 보면 가치관이 경직되고, 새로운 것을 받아들이지 못해 완고해지곤 한다. 이럴 때는 멀리 떠나야 한다.

나는 자주 여행을 떠난다. 여행할 때만은 움직임이 빠른 편이라 결심하면 재빨리 떠난다. 혼자 가기도 하고 남이 가자고 해도 곧잘 따라간다.

성격이 침울하고 낮가림도 심한데 어째서 여행은 좋아할까. 아니다, 기분이 잘 가라앉는 편이고 대인관계에 자신이 없기 때문에 오히려 여행을 가는 것이다. 늘 생활이 불만스럽고 부족함이 많은 나 자신이 싫다. 기분을 전환하고 새로운 시선으로 일상을 다시 마주하고 싶다.

혼자 할 수 있는 일들을 더 많이 만들고 싶다. 내가 여행 가는 이유를 비춰볼 때 여행을 자주 가지 않아도 되는 사람은 만족을 아는 사람 아닐까 싶다. 일상을 즐길 줄 알고 자신에 대해 만족하는 사람. 하지만 나는 그렇지 않다. 이 나이가 되어서도 주위와 어울리지 못하는 자신이 못마땅하다. 헤어스타일을 자꾸 바꾸거나 이사를 반복하는 것도 같은 이유다. 지금 이대로는 안 되겠어. 새로운 뭔가가 필요해!

　20대 때 떠난 배낭여행은 대부분 여행 비용이 부담스럽지 않은 동남아로 갔다. 스물세 살 때 처음 나 홀로 떠난 해외여행은 미얀마였다. 청바지와 운동화라는 상당히 캐주얼한 차림으로 갔는데 길을 걷고 있으면 모두가 나를 힐끔힐끔 쳐다보았다. 주위를 둘러보니 확실히 청바지와 운동화 차림인 사람은 아무도 없었다. 모두 샌들을 신고, 남자나 여자나 '로지'라는 미얀마 전통의상을 입고 있었다. 초조해져서 로지와 샌들을 사서 갈아입었다. 여행 중에 사기꾼이 따라붙기도 하고, 바가지를 쓰기도 하는 등 다양한 경험을 했다. 모든 것이 신기했고 나의 옹색한 세계관도 넓어졌다. '여행을 많이 다녀야지' 하고 결심하게 되었다.

　이때부터 주로 태국, 베트남, 말레이시아 등을 돌아다니며 싼 숙소에 묵었다. 소설을 써서 작가가 되고 돈이

여행하기 위해　오랫동안　아주 × 아깝잖아요　햇볕이

조금 생기자 유럽과 미국에도 가게 되었다. 아르헨티나
도 즐거웠다. 여행을 가기 위해서라면 어떤 일도 마다하
지 않았다.

이렇게 여행을 좋아하다 보니 제일 큰 문제점은 바
로 베란다 식물들이었다. 물론 여행을 가지 않아도 종종
물 주는 걸 잊을 때가 있다. 선인장이나 나무는 잠깐 물
이 없더라도 멀쩡하지만, 화초나 채소는 조금만 소홀해
도 금세 축 늘어져 버린다. 고개가 푹 꺾이고 이파리가
흐늘흐늘해진 것을 보면 깜짝 놀라 물을 준다. 그러면 반
나절 만에 다시 원래 상태로 돌아온다. 거의 매번 되살아
나기 때문에 포기하지 않고 물을 준다. 그러나 갈색으로
변해서 푸석푸석해지면 그땐 돌이킬 수 없다. 조직이 망
가져 버렸기 때문에 아무리 수분을 공급한들 원래대로
돌아가지 않는다. 어설프게 남겨두면 전체가 죽기 때문
에 대담하게 잘라버린다.

초록 잎이 한 장이라도 남아 있다면 그 잎만이라도
광합성을 할 수 있길 기대해본다. 갈색 부분을 전부 잘라

내고 부활하기를 기다린다. 이미 잎도 줄기도 뿌리도 다 갈색으로 푸석푸석해졌다면 더 이상 방법이 없다. 죽음 뿐이다. 물을 주지 않은 내가 저승사자처럼 느껴진다.

더 이상 그런 자책을 하지 않도록 어떻게든 물을 줄 방법을 찾아야 한다. 처음 생각했던 것은 '페트병 입구에 부착하는 기구'였다. 페트병에 물을 담아 흙에 거꾸로 꽂으면 물이 조금씩 나오는 원리였다. 이렇게 할 수만 있다면 저렴한 가격에 해결되겠다 싶어 서둘러 가게에 들러봤으나 그런 제품은 찾을 수 없었다. 하는 수 없이 영양제를 사 왔다. 하지만 영양만큼 중요한 수분은 어떻게 하지?

다시 모니터를 노려보다가 이번에는 인터넷 쇼핑몰을 클릭했다. '모세관 현상으로 물을 준다'는 제품을 찾아냈다. 가느다란 관 끝에 급수기 역할을 하는 플라스틱이 달려 있었다. 이 부분을 땅에 꽂고 관의 다른 한쪽 끝은 물을 채운 페트병에 꽂아두면 끝. 흙이 마르면 모세관 현상으로 페트병에서 물을 빨아들여 급수기에 스며든다고 했다.

모세관 현상이 뭐지? 과학 수업에서 배웠을지도 모

햇볕이 아깝잖아요 × 아주 안 오랫동안 여행하기 위해

르지만 잊어버렸다. 가느다란 관에 어떤 힘이 작용한다는 거겠지. 뭔지 잘 모르겠지만, 일단 똑똑한 시스템인 것 같았다. 다섯 개 세트에 만 원 정도의 가격이라 바로 구입해서 사용해보았더니 관에 물만 통하게 하기가 어려웠다. 공기가 조금이라도 들어가면 모세관 현상이 일어나지 않는다고 해서 어쩔 수 없이 세탁조 안에 물을 받아 작업하기로 했다. 수도에서 물을 틀어 관을 통과시킨 뒤, 세탁조 안에서 관 끝을 페트병에 넣는다. 그렇게 하니 페트병에서 관 끝까지 물이 가득 찼다. 이대로 급수기 끝부분을 흙에 꽂으면 완성.

그러나 시키는 대로 했는데도 믿을 수 없었다. 모세관 현상이 여전히 낯설기 때문이리라. 게다가 생긴 것도 장난감 같고, 전기로 작동하지도 않는데 이런 간단한 도구만으로 물을 주는 것이 정말 가능할까?

이런 의심은 바로 나의 장미 때문이다. 풀은 괜찮아도 제발 장미만은…….

나는 장미를 편애한다. 채소나 풀은 시들어도 어떻

게든 마음을 추스릴 수 있지만, 비싼 가격에 산 장미, 아름다운 장미, 몇 년 동안 나의 베란다에 꽃을 피워준 장미가 시드는 건 참을 수 없다. 장미만은 정체모를 모세관 현상에 맡길 수 없어.

다시 인터넷 사이트를 뒤지다가 결국 자동관수기를 구입하고야 말았다. 자그마치 30만 원짜리였다. 하지만 장미가 죽고 나서 내가 겪을 고통과 슬픔보단 저렴한 값이었다. 게다가 가드닝은 평생 취미니까 관수기도 평생 쓸테고, 오래 사용한다고 생각하면 결코 비싼 쇼핑이 아니야. 최선의 변명이었다. 수도꼭지에 호스를 연결해두고 시간이 되면 관수기가 일정량의 물을 흘려보낸다. 관이 열개 달려 있어 열 개의 화분에 물을 줄 수 있다. 예를 들어 하루 두 번, 오전 5시와 오후 3시에 5분씩 물을 주도록 세팅할 수도 있다. 다만 설치가 좀 까다로웠다. 세 든 집이라 못이나 본드를 사용할 수 없기 때문에 노끈을 둘둘 감아 불안정한 모양으로 고정시켰다. 그 바람에 수돗물이 조금씩 샜다. 결국 이것도 충분히 믿을 수 없다는 생각이 들었다.

어쨌든 여행을 갈 때는 영양제도 꽂아두고, 모세관

× 아햇별이
아깝잖아요

아주동안
오랫동안
여행하기 위해

현상 급수기도 꽂고, 자동관수기 호스도 연결해야지.

이렇게 며칠간의 부재는 그럭저럭 해결 방법을 찾을 수 있었다. 하지만 베란다에는 작은 화분도 많이 있고 모든 식물을 이런 방법으로 돌볼 수는 없다. 페트병은 바람이 불면 쓰러지고 여름철에는 금방 마른다. 자동관수기는 흙이 아직 축축한 상태여도 물을 주기 때문에 비가 오거나 추운 날에는 물을 너무 많이 주게 된다. 며칠 동안은 괜찮지만 오래 집을 비울 때는 의존하기 어렵다. 역시 인간이 물을 주는 것에는 비할 수가 없다.

이제 남은 것은 남편뿐이다. 처음 남편에게 물 주기를 부탁하고 친구와 여행을 갔다 왔을 때, 화초들이 축 늘어져 있었다. 베란다를 보고는 "어떻게 된 거야?" 하고 물었다. 남편은 등 뒤에서 대답했다.

"물은 잘 줬는걸."

그는 화초가 늘어졌다는 사실조차 깨닫지 못하고 있었다. 남편은 꼬박꼬박 물을 주었고, 자신이 뭘 잘못했는지 전혀 모르겠다고 했다. 그렇구나, 남편은 정말 몰랐다.

식물에 물을 준다는 게 어떤 것인지. 평소에 가드닝을 하지 않는 사람은 물을 준다는 것이 어떤 의미인지 모른다는 사실을 이때 처음 깨달았다. 늘 나 혼자 베란다에 나가 조용히 작업했기 때문에 물을 어떻게 주는지 말로 꺼낸 적이 없었다. 내가 어떤 식으로 그 일을 하는지 구태여 생각해본 적도 없었다.

그제야 나는 물을 준다는 행위에 대해 돌아봤다. 식물에 어느 정도 뿌리가 자랐을지 상상하고, 그다음에 물을 줄 시간을 생각하고, 그사이 맑을지 비가 올지 날씨를 예상하면서 물의 양을 조절한다. 물론 그렇게 할 수 있는 것은 씨앗부터 키워온 감 때문이겠지. 그리고 몇 번이나 시들게 했던 경험이 있어서 그 아픔을 안다. 분갈이를 하면서는 위로 나온 줄기나 이파리보다 눈에 보이지 않는 뿌리가 더 큰 식물도 있다는 사실도 알게 됐다. 물을 준다는 건 이 모든 과정을 의미했다.

남편이 제대로 물을 줄 수 없었던 것은 당연한 일이었다. 그는 식물의 종류도 판단할 수 없고, 상태가 좋은지 나쁜지도 알 수 없으며, 뿌리가 어떻게 뻗는지도 본 적이

아햇 × 아주 오랫 여행하기 위해
깝별이 잡아요 동안

없다. 그저 물뿌리개에 물을 담아 화분에 줄줄줄 뿌렸을 뿐이다.

서둘러 물을 듬뿍 주자 대부분의 식물은 생기를 되찾았다. 나는 남편에게 물 주는 방법에 대해 설명했다. 앞으로의 여행을 위해서도 꼭 필요한 일이었다.

남편의 물 주는 실력은 점점 늘었다. 친구 결혼식에 참석하러 하와이에 갔을 때도, 친구들과 대만 여행을 갔을 때도 물을 잘 준 덕분에 집에 돌아오니 식물들이 부쩍 자라 있었다.

나는 남편이 물을 주는 일이 즐겁다는 사실에 공감했으면 좋겠다. 내가 매일 물을 주는 이유는 식물에 대한 애정 때문만이 아니라 나 자신이 즐겁기 때문이다. 베란다에 있으면 기분이 좋다. 물뿌리개를 식물에 향할 때마다 그 식물을 생각하면서 고요해진다. 하루가 다르게 자라는 식물을 보면 새삼 시간이 빠르다는 걸 실감하며 더욱더 소중하게 그 시간을 통과해내고 싶어진다. 꽃이 피거나 열매를 발견했을 때는 한 생명이 내 손에 달려 있다는 사실에 두근거린다. 그래서 남편 역시 물 주는 일을 즐거워할 수 있도록 베란다를 자주 정리하고 씨앗도 더 뿌린다. 싹이 트는 것을 직접 보면 그 재미를 알아주겠지, 하고.

하지만 꽃 이름을 몇 번이나 가르쳐줘도 그는 전혀 기억하지 못한다. 어쩌면 식물에 전혀 관심이 없는지도 모른다. 여전히 그 즐거움을 모른 채 물만 주는 건지도. 그렇다고 물 주기의 기쁨을 알리는 걸 그만둘 생각은 없다.

무엇보다 나의 여행을 그만둘 수 없기 때문에. 여든 살이 되어도, 나는 여행을 떠나는 사람이고 싶기 때문이다.

여든 살에도 여행을 떠나는
할머니가 될 거야!

행볕이
아깝잖아요
×
아주
동안
여행하기 위해
오랫동안
여행하기 위해

73

7.
쓰레기를 심다

쓰레기에서 싹이 트는 것은 재미있지만,
그저 쓰레기가 되는 것도 괜찮은 일.

'쓰레기'라는 말을 좋아한다. '그런 건 다 쓰레기야', '나는 쓰레기야', '전부 다 쓰레기야'라는 말을 자주 한다. 소설을 쓸 때에도 'ㅇㅇ(조금 중요한 것)을 버리기로 했다', 'ㅇㅇ을 휴지통에 버렸다', 'ㅇㅇ은 쓰레기가 되었다' 같은 문장을 쓸 때 통쾌함을 느낀다.

어떤 단어든 '쓰레기'라는 말을 붙이는 것만으로 엉망으로 만들어버릴 수 있다는 사실이 몹시 흥미롭다. 지금껏 중요하다고 생각한 것을 쓰레기라고 부를 수 있다는 사실에 묘한 쾌감을 느낀다. 어감이 가벼운 것도 멋지다. '먼지', '부스러기' 같은 단어는 왠지 거부감이 드는데, '쓰레기'라는 말은 그냥 입에서 툭 튀어나온다.

나는 생활 속에서 쓰레기를 많이 만든다. 머리카락을 흘리고, 슈퍼마켓에서 사 온 채소나 생선을 먹고 빈용기를 남긴다. '쓰레기'라는 단어를 말하는 것과 쓰레기를 만들어내는 일은 전혀 다르다. 쓰레기를 남기는 일은하나도 즐겁지 않다. 어쩌면 애초에 '쓰레기'라는 말을 내뱉을 때 통쾌함을 느끼는 이유도 사실은 그만큼 쓰레기를 만드는 데 죄책감을 느끼기 때문이겠지. 쓰레기를 버리지 않는 일상을 살 수 있다면 좋겠지만, 사실 쓰레기를만들지 않은 날은 지금까지 단 하루도 없었다.

사람들은 대부분 채소를 먹을 때 꼭지, 뿌리, 줄기나

씨를 버린다. 뿌리채소인 경우에는 껍질을 벗긴다. 다른 생명을 먹는다는 사실에 고마움을 느낀다면 버리지 않고 조리해야 할 테지만, 그렇게 해서 맛이 없어지면 고마운 마음이 생길 리 없다. 껍질에 농약이나 세균이 묻어 있을 가능성도 있으니 괜히 먹었다가 위험한 상황을 겪게 될 수도 있다. '나는 음식물 쓰레기를 전혀 버리지 않는다'라고 말할 수 있는 사람은 아마 단 한 명도 없지 않을까.

한때 우리 집 싱크대에도 음식물 쓰레기 칸이 없었던 시기가 있었지만, 역시 불편해져서 반년쯤 지나 다시 샀다. 그리고 거기에 음식물 쓰레기가 쌓인다. 아무래도 아깝다는 생각이 든다. 음식물 쓰레기에 아직 생명력이 남아 있는 것처럼 보였기 때문이다.

처음 길러본 것은 쪽파였다. "파는 뿌리 부분을 심으면 다시 자란다"라는 지인의 말을 듣고 시도해보았다. 된장국에 넣어 먹고 남은 파 뿌리를 물에 담가두었다가 다음 날 화분에 심었다. 그러자 쑥쑥 자랐다. 다시 자란 쪽파로 요리를 해 먹었다. 쪽파는 어떤 요리에든 쓸 수 있으니 매우 요긴한 방법이었다. 사소하지만, 굉장히 의미 있는 일이라고 느껴졌다.

쪽파가 성공한 뒤로는 음식물 쓰레기를 재활용하는 것에 흥미를 붙여서 이것도 심어볼까, 저 씨앗도 심어볼까 하고 여기저기 눈을 번뜩이게 되었다. 당근 꼭지, 무 윗동도 묻어보았지만, 뿌리는 나지 않았다. 꼭지 위로 아주 작은 이파리가 자라는가 싶더니 곧장 말라버렸다. 이 대로 두면 상해서 벌레만 꼬이겠지 싶어 포기하고 버렸다. 시금치 뿌리도 심어보았다. 시금치에서도 아주 작은 잎이 올라왔지만, 먹을 수 있는 정도는 아니었다. 바로 시들어버렸다.

냉장고를 열어 마늘 한 줌을 꺼내 화분에 심었다. '컴패니언 플랜트(companion plant)'에 대해 알아볼 때 '마늘에는 벌레를 쫓는 효과가 있다'는 정보를 읽은 적이 있다. 만약 마늘이 뿌리를 내린다면 쓰레기를 줄일 수 있을 뿐만 아니라 벌레도 쫓을 수 있기 때문에 일석이조라고 생각했다. 결과는 성공적이었다. 흙에서 가늘고 긴 이파리가 솟아났다. 나중에 흙을 파보니, 조그만 알갱이었던 것이 둥글고 커다랗게 부풀어 있었다. 온전한 마늘이 되었을 거라는 짐작과 달리 이유는 알 수 없지만 껍질이 없는, 커다란 마늘 덩어리가 나왔다. 맛은 보통의 마늘과 똑같았다.

생강도 있으면 좋겠다는 생각에 한 조각 묻어보았지만, 전혀 싹이 트지 않았다. 어디에 묻었는지도 잊어버려 다시 파내지도 못했다. 흙으로 돌아갔을지도 모르겠다.

다음에는 먹고 남은 씨를 심었다. 우선 아보카도부터. 남편이 싱크대에 버린 씨를 주워 화분에 심었다. 시행착오 끝에 크게 자라서 지금도 베란다에 두 그루의 아보카도 나무가 있다. 벌써 내 가슴께까지 커서, 순조롭게 자라준다면 몇 년 후에는 진짜 아보카도 열매를 수확할 수 있을지도 모른다.

그 후 장을 보러 가면 씨가 있는 채소들을 고르게 되었다. 피망이나 단호박 씨도 심었지만 자라지 않았다.

과일은 어떨까? 과일 코너를 왔다 갔다 하며 먹고 싶은 과일 대신 씨가 있을 법한 과일을 찾기 시작했다. 씨가 필요하면 처음부터 씨앗을 사면 될 텐데, 음식물 쓰레기를 재생하는 재미를 맛본 후로는 꼭 씨가 들어 있는 과

햇볕이
아깝잖아요
쓰레기를
심다

일을 사고 싶어졌다. 마치 복권을 사는 기분으로 과일을 고른다. 물론 과일도 먹을 거지만, 가끔은 주객전도된 것 같은 느낌이 들기도 한다.

레몬과 자몽을 샀다. 레몬 즙을 요리에 넣어야 할 때는 기성품을 썼지만, 씨앗을 얻기 위해 일부러 통 레몬을 샀다. 레몬은 즙만 몇 방울 짜낸 뒤 버리는 경우가 많아 특별한 날 만드는 요리가 아니면 사치스럽다는 느낌이 든다. 그래도 굳이 구매했다. 자몽은 커다란 과육을 먹을 수 있어 비싸다는 생각이 들지 않았다.

집에 돌아와 바로 잘라봤다. 자를 때 씨앗 몇 개가 쪼개졌지만, 무사한 것만 골라 요구르트병에 넣었다. 하룻밤 물에 불린 뒤 다음 날 흙에 심었다. 얼마 지나자 새싹이 텄다. 굉장히 짙은 초록색 싹이었다. 풀이 아니라 나무가 될 싹이라는 자신감이 넘쳤다.

레몬과 자몽은 그 후로도 순조롭게 자라 현재 30cm까지 컸다. 이제 곧 나무가 되지 않을까 싶다. 정원에서 레몬과 자몽을 수확할 수 있다면 얼마나 좋을까. 언젠가 소설로 대박이 나면 단독주택을 지을 거니까 그렇게만 된다면 정원에 과수원을 만들어야지. 그래서 안톤 체호프의 《벚꽃 동산》처럼 나만의 과일 나무를 잔뜩 심을 테다.

하지만 일본에서는 레몬이나 자몽 나무를 키우는 집을 본 적이 없으니, 역시 열매를 맺을 때까지 키우기는 어려울지도 모르겠다. 앞으로 몇 년이나 키우다가 시들어 죽으면 지금 시드는 것보다 더 슬프겠지. 무섭다.

딸기도 재배 중이다. '귀한 후쿠오카 딸기를 선물 받아 그 씨를 심어 키운 것입니다'라고 하면 그럴듯하겠지만, 그렇게 좋은 딸기를 누가 줄 리 없으니 슈퍼마켓에서 저렴한 딸기를 사서 씨를 파냈다. 딸기 씨는 참깨처럼 작아서 걱정되었지만, 의외로 싹이 트고 쑥쑥 자라 시원스레 이파리가 무성해졌다. 곧 딸기가 열리려나 싶었지만 그럴 낌새가 없다. 전혀 꽃이 피지 않는다.

벌써 2년이 지났는데 뭐가 잘못된 것일까. 줄기만 계속 자란다. '런너(기는줄기)'라고 불리는 줄기 같다. 딸기는 씨앗뿐만 아니라 줄기가 '슝' 갈라져 새로운 줄기를 만드는 식물이라고 한다. 멀리 떨어진 곳에 뿌리를 내리고 잎을 피우고, 또 다시 '슝' 자리를 옮겨가 다른 곳에 뿌리와

심다 쓰레기를 | 아깝잖아요 햇볕이

잎을 피운다. 신기한 식물이다.

자라는 모습을 보기만 해도 충분하기 때문에 이제는
꽃도, 열매도 필요 없다는 생각이 든다. 쓰레기에서 싹이
트는 것은 재미있지만, 그저 쓰레기가 되는 것도 괜찮은
일이다.

햇볕이
아깝잖아요

쓰레기를
심다

8.

기형을 사랑하는 마음

여성 작가에게 아무렇지 않게 '추녀'라고
부르는 일본 사회에서, 중심을 잘 잡고
글을 쓰는 일이란 쉽지 않다.

과거 일본의 에도시대(1603~1867년)에는 기형 나팔꽃을
사랑하는 문화가 있었다고 한다. 나팔꽃 종자를 몇 세대
동안 개량하다 보면 기형 꽃이 필 때가 있는데, 에도의
서민들은 그 꽃을 반갑게 즐겼다.

얼마 전 도쿄 료고쿠역 근처에 있는 에도 도쿄 박

기형을 사랑하는 마음 • 햇볕이 아깝잖아요

물관의 〈꽃피다 - 에도의 원예〉 전시를 보러 갔다. 인기가 많았던 나팔꽃, 꽃창포(붓꽃), 국화 세 종류의 꽃이 에도 시대에 어떻게 재배되었는지 소개하고 있었다. 메이지 시대(1868~1912년)를 맞고 장미가 수입되자, 이 꽃들의 인기는 순식간에 사그라들었다고 한다. 특수한 나팔꽃에 대한 설명도 있었는데, '변형 나팔꽃'이라는 표현을 사용하고 있었다. 역시 '변형 나팔꽃이라고 말하는 편이 덜 거북하구나' 하는 생각이 들었다. '기형'적인 것을 사랑한다고 말하는 게 일본 사회에서는 꽤 불편한 일이다. 왠지 입 밖으로 내뱉으면 안 될 것 같아서 머뭇거리게 된다. 왜 이렇게 망설이게 되는 걸까? 특이한 꽃, 돌연변이 꽃을 좋아하면 안 되는 걸까?

사람에 대한 생각도 비슷하다. 예쁘고 잘 웃고 인상 좋은 사람에 대한 호감을 드러내는 건 자연스러운 일이다. 그러나 결점이나 결핍된 부분에 끌리는 마음은 대놓고 밝히기 어렵다. 나는 일반적인 기준에서 미인도 아니고, 사근사근한 편도 아니다. 오히려 못생긴 편에 가깝다. 무뚝뚝하고 애교라고는 찾아볼 수가 없다. 하지만 가까운 사람들, 남편과 친구들 그리고 지인들이 나를 충분히 사랑해주고 있다는 사실을 안다. 아파트 관리인 아저씨, 레스토랑 직원 등 나를 스치는 주변 사람들이 나에게 보내는 호의를 매일 느낀다.

일상에서는 나 자신에게 만족감을 느끼지만, 외부에서 활동할 때는 '단정'하지 않은 나의 용모가 걸림돌이 되기도 한다. 실제로도 '신문에는 나오지 마라', '집구석에서만 일해라', '작가가 될 외모가 아니다' 등등 수많은 비난을 받았다. 왜 작가의 얼굴이 품평의 대상이 되는지 이해할 수 없지만, 나는 미인의 기준에 맞춰 나를 포장할 의향이 전혀 없다. 그저 나답게 살아가고 싶다.

'일을 하면 추녀라고 한다'는 요지의 글을 신문에 기고한 적이 있다. 그때까지 썼던 글에 비해 반응이 꽤 컸다. 아마도 '추녀'라는 단어가 놀라웠겠지. 대부분의 반응은 '힘내세요'였다. 하지만 나는 '추녀라서 열등감을 느낀다'는 뜻으로 해석될 만한 문장은 한 줄도 쓰지 않았다. 내가 쓴 글은 이렇다.

"나는 내 얼굴의 생김새와 전혀 상관없이 글을 쓴다. 대중적으로 인기 있는 외모를 가진 작가들이 자신의 얼굴을 자신만만하게 여긴다고 해도 비난할 생각은 없다. 외모를 중시하는 사람들의 태도 역시 존중한다. 사람은 제각각이니 내가 하는 일도 존중해줄 수 없을까. 서로 너그럽게 봐줄 수는 없을까.

(중략)

세상 사람들이 '추녀'라고 해도 나는 콤플렉스를 느끼지 않는다. 평소 생활에 지장이 없기 때문이다. 일을 하고 세상에 나를 노출할 때만 '추녀'라고 불린다. 많은 사람에게 호감을 얻지 못하면 책을 파는 일도 어렵기 때문에 어떻게든 홍보할 방법을 찾고 있는 중이다. 다만 타인의 가치관에 나를 맞추려고 하다 보면 일의 의미 자체를 잃어버리게 된다. 작가가 세상의 시선을 두려워한다면 어떻게 되겠는가. 그러므로 나를 세상에 맞출 생각은 조금도 없다. 대신 앞으로의 세상을 어떻게 변화시킬지를 생각하겠다."

그런데도 사람들은 '못생겼지만 노력하는 사람이구나'라는 식으로만 반응했다. 독자들은 '역시나 세상은 바뀌지 않는군. 개인적인 고충을 적었을 뿐이네'라고 받아들이는 것 같았다. 너무 강한 어휘를 사용하면 독자들이 전체적인 맥락을 놓쳐버리는 경우가 있다. 센 단어에 시선을 빼앗겨 정작 글이 전하고자 하는 바를 놓치게 되는 것이다. 나의 부족한 문장력 때문인지도 모르겠다.

'여성 작가'에게 아무렇지 않게 '추녀'라고 부르는 일본 사회에서, 중심을 잘 잡고 글을 쓰기란 쉽지 않다. 그런데 누구의 탓을 할 수도 없는 일이다. 사회의 구성원으로서 나는 '작은 책임'을 느낀다. 일본 사회는 살기 힘들다. 그건 정치인이 나빠서도 나를 비판하는 사람들이 나빠서도 아니다. '내가 나쁘기' 때문이다. 써야 할 것을 제대로 쓰고 있는지 스스로 묻고 싶다. 이 나라에 몸 붙여 살면서 살기 힘들다고 투덜대는 것은 부끄러운 일이다.

마음 사랑하는 기형을 • 아깝잖아요 햇별이

내가 해야 하는 일은 사회에 대고 항변하는 게 아니라, 결국 글을 쓰는 것이다.

이런 글을 쓰면 비웃음을 살지도 모르지만, 나는 일본 문학사를 어떻게 만들어갈 것인가 늘 고민한다. 문학계의 주류 작가라면 모를까, 변방의 작가인 내가 이런 생각을 하는 것이 가소롭게 보일 수도 있겠다. 하지만 '일본 문학사를 어떻게 할 것인가' 하는 문제가 바로 나라를 만드는 것이다. 문학자만의 일은 아니다.

과거 일본의 에도시대에는 기형 나팔꽃
을 사랑하는 문화가 있었다고 한다. 나팔
꽃 종자를 몇 세대 동안 개량하다 보면
기형 꽃이 필 때가 있는데, 에도의 서민
들은 그 꽃을 반갑게 즐겼다.

마 사 기 　 아 햇
음 랑 형 　 깝 볕
　 하 을 　 잖 이
　 는 　 　 아
　 　 　 　 요

9.

흙 속의 작은 씨앗을 찾으며 나이를 먹는다

힘들 때는 잎을 떨구고 가만히 있으면
될까. 인간에게도 괴로운 시기가 있게 마
련이다. '하지만 절대 죽지는 않을 거야.'
그렇게 다독여보는 건 어떨까.

작년 봄, 씨앗을 뿌렸다.

 작고 단단한 알맹이를 손바닥에 올려놓자 기쁨이 불
끈불끈 솟아났다. 설렘과 기대로 가슴속이 부풀어 오르
기 시작했다. 눈앞에 있는 문을 어떻게든 열어보고 싶은
마음. 스위치를 보면 누른 다음 어떻게 될지 알고 싶어지

흙 속의 작은 씨앗을 찾으며 나이를 먹는다 × 햇볕이 아깝잖아요

는 그런 기분.

'예쁘다 예뻐.' 씨앗을 쥐고 섀시 창을 열고 베란다로 가면서 씨앗의 미래를 기대하기 시작한다. 이제부터는 확실히 지금까지와는 다르다. 씨앗을 뿌린 다음부터는 변화를 멈출 수 없다.

나팔꽃, 여주, 에델바이스, 목화, 코스모스, 라벤더, 아티초크, 제충국, 해바라기, 산딸기, 방울토마토, 토마토, 미니당근, 미니가지, 고추, 순무, 차조기, 캘러웨이 블루베리, 바질, 차빌, 딜, 루콜라, 레몬밤, 레몬, 자몽, 키위, 딸기, 아보카도.

지금까지 많은 씨앗을 뿌렸지만, 재작년에는 식물을 많이 키우지 못했다.

동일본대지진 이후 이듬해 봄, 식물을 돌볼 겨를이 없어 씨앗을 하나도 뿌리지 않았다. 아끼던 화분은 전부 베란다에서 현관으로 들여놓고, 물도 거의 주지 않은 채 지냈다. 내버려두었으니 죽어버렸을 거라고 생각했다. 올리브 나무는 잎이 전부 떨어지고 바싹 마른 가지만 남았다. 덩굴장미도 잎을 전부 떨어뜨리고, 드래곤프루트도 갈색으로 변했다. 모든 화분에서 초록색이 사라졌다.

두 달 정도 지나 올리브 나무를 다시 베란다에 내놓으니 죽은 듯 보였던 가지에서 초록색 잎이 돋아나기 시작했다. 깜짝 놀랐다. 최소한의 에너지로 생명을 유지하기 위해 잎을 떨군 것이 틀림없었다. 잎을 유지하려면 아무래도 에너지가 필요하니까, 가지만 남기면 최소한의 힘으로 버티는 데만 집중하고 앞날을 대비할 수 있다. 나무는 수난의 시기라고 여겨 겨울잠에 들었다. 수척해진 모습이었지만, 죽지는 않았다. 햇볕을 느끼고 다시 삶이 시작된다는 것을 알아채면 바로 눈을 뜨고 잎을 틔운다. 빛과 열, 물과 질소, 인산이 있으면 나무는 다시 생활할 수 있다.

힘들 때는 잎을 떨구고 가만히 있으면 되는 거다. 인간에게도 괴로운 시기가 있게 마련이다. '하지만 절대 죽지는 않을 거야.' 그렇게 다독여보는 건 어떨까. 언젠가 다시 따뜻한 볕이 들고 선선한 바람이 다정하게 찾아올 테니, 일이 잘 안 풀릴 때는 손에 쥐었던 욕심을 내려놓

햇볕이 아깝잖아요 × 흙 속의 작은 씨앗을 찾으며 나이를 먹는다

고 조용히 지내면 된다.

대학 후배가 격무에 시달리다 못해 회사를 그만두고, 1년 정도 집에 틀어박혀 있다가 재취업을 한 뒤 이런 말을 한 적이 있다.

"술은 정말 좋은 거예요. 술이 없었으면 틀림없이 너무 괴로워서 못 견뎠을 거라니까요. 술을 마시면서 1년을 보낸 덕분에 자살하지 않고 지금 다시 일할 수 있게 된 것 같아요."

그 얘기를 들었을 때 반신반의해서 고개를 갸웃거렸다.

"아니, 술은 마약 같은 거라고. 나도 애주가라 술의 무서움을 잘 알아. 마음이 약할 때 술에 의존하면 위험해. 한 발 어긋나면 알코올 의존증이 되어버릴 텐데……."

하지만 식물이 살아가는 법을 알게 된 지금, 그 후배의 말도 일리가 있다고 생각한다. 누구의 인생에든 그저 시간이 지나기만을 기다릴 수밖에 없는 때가 있다. 그런 시기에는 몸과 마음을 평소처럼 유지하기가 힘들다. 그럴 때는 겨울잠을 자면서 이 시기가 지나가기를 믿어보

자. '괜찮아, 괜찮아. 지금은 가만히 있어도 돼. 아무것도 하지 않아도 돼. 가만히 있기만 해도 언젠가 다시 생활할 수 있는 때가 와.'

덩굴장미도 베란다에 내놓은 지 며칠이 지나자 촘촘히 잎사귀가 돋아났고 얼마 후 연분홍색 꽃을 피웠다. 다른 작은 화분들도 많이 되살아났다. 그러나 드래곤프루트는 오랫동안 변화가 없었다. 갈색으로 변한 채 곳곳에 검은 반점이 생긴 데다 보라색으로 변해버려 아무리 봐도 죽은 상태였다. 건강했을 때는 그렇게 튼튼하고, 쑥쑥 자라고, 곁싹을 틔우고, 개체 수도 늘렸는데. 햇볕을 쬐면 변화가 있으려나 싶었지만, 석 달 정도 그 상태 그대로였다. 이제는 끝이구나 싶어 슬펐는데 여름이 되자마자 다시 곁싹을 틔웠다. 그 후 원래의 그루터기는 완전히 죽어버렸지만, 곁싹에서 다시 자라난 작은 개체가 끈질기게 생명을 이어갔다.

때마침 전기를 절약해야 한다는 목소리가 여기저기에서 커지자 '녹색 커튼(건물 외벽이나 터널형 시설물에 덩굴식

햇볕이 × 아 흙 나
아깝잖아요 속 씨 이
의 앗 를
작은 을 먹
찾으며 는
다

물을 심어 커튼 형태의 구조물)을 만들자'는 기획 기사가 신문에 실렸다. 창에 그물을 달아 여주나 나팔꽃 등의 덩굴식물을 키우는 것을 소개하는 내용이었다. 그 기사를 발견했을 때는 이미 여름이 시작되었을 때여서 씨앗을 뿌려 키우기에는 시간이 맞지 않아 근처 꽃집에서 여주 모종 세 개를 사 왔다. 가늘고 긴 화분에 모종을 깊이 심고, 창에 그물을 달아 기어오르게 만들었다.

어쨌든 나는 다시 베란다 가드닝에 재미를 붙였고 그 즐거움에 빠져 지냈다. 추워져서 할 일도 없어졌기 때문에, 따뜻해지면 이것도 해야지 저것도 해야지 궁리하며 베란다 창을 통해 흐린 하늘을 계속 내다봤다.

그러다가 한겨울, 개인적으로 큰 상실을 겪었다. 현실이 죽을 만큼 싫었다. 말 그대로 이불을 돌돌 말고 겨울잠을 잤다. 겨우겨우 봄이 다시 왔고, 꽤 많은 씨앗들을 인터넷으로 사 모았다.

물을 부으면 부풀어 오르는 압축토 '지피세븐'에 씨앗을 세 알 묻었다. 흙에 묻으면 흙으로 바뀐다는 작은 화분에도 세 알 더 묻었다. 육모용 트레이에 흙을 깔고 손가락으로 줄 맞춰 구멍을 내고 씨앗을 세 알씩 뿌렸다. 싹이 나면 솎음질을 해서 한 장소에 한 모종만 자라도록 했다.

'싹수 있는 씨앗을 고른다'는 조물주의 작업을 내 손으로 직접 해야 할 때는 정말 가슴이 아프다. 채소야 솎아낸 싹을 샐러드로 만들거나 볶아 먹기 때문에 의미 있는 작업이라고 생각할 수도 있다. 하지만 꽃은 그저 버릴 뿐이다. 정원이라면 땅에 묻기라도 하겠지만, 베란다에서 하는 작업이니 쓰레기봉투에 담는 수밖에 없다. 다른 싹들을 위해 자리를 내줄 수밖에 없는 존재들이다.

일은 하나도 하지 않고 몇 시간이나 베란다를 바라보았다.

아무리 애를 써도 글을 발표할 수 없었던 시기에 주위 사람들은 나에게 어떻게 지내는지 물었다. 나는 베란다 테이블이나 작업실 책상 앞에 앉아 그저 멍하니 바깥 풍경을 바라보았다. 멀리 솟은 철탑과 푸릇한 식물들을······. 나는 베란다에서 흙 속의 작은 싹을 찾으며 나이를 먹어갔다. 고독이나 지루함은 전혀 느끼지 않았다.

× 아깝잖아요 햇볕이 흙 속의 작은 씨앗을 찾으며 나이를 먹는다

좋지 않은 일이 생겼을 때나 생각하기 싫은 일이 있을 때, 해야 할 일이 잘 안 되어 도피하고 싶을 때, 가능한 한 시간을 천천히 보내고 싶다. 어떤 사람은 괴로운 일을 견디기 위해 맹렬한 속도로 시간이 지나가길 바라기도 한다. 모여서 수다를 떨거나, 술을 많이 마시거나, 게임을 하거나, 제트코스터처럼 책장을 넘기며 소설이나 만화를 읽거나.

하지만 나는 그 반대다. 가능한 한 지루함에 가까운 일을 하며 느긋하게 보내고 싶다. 아무 사건도 일어나지 않는 지극히 사소한 내용의 소설이나 만화를 읽는 것도 좋다. 이런 나의 성향이 가드닝과 잘 맞는 것이리라.

봄에 뿌린 씨앗 중에는 크게 자란 것도, 시들어버린 것도 있었다. 여름에서 가을에 걸쳐 꽃과 열매를 맺은 것도 있다. 5월에는 장미 묘목도 네 개나 더 들이게 되어 베란다는 북적북적해졌다. 나의 마음도 식물들 덕분에 다시 평온해졌다.

햇볕이
아깝잖아요
×
흙 속의 작은
씨앗을 찾으며
나이를 먹는다

10.
씨앗의 시간

식물에는 인간의 시간 감각과는 전혀 다른
느긋함이 흐르는 듯하다.

올해도 파종의 계절이 돌아왔다. 기대감에 손이 떨린다.
씨앗은 참으로 신기하다. 나는 미니어처 소품을 모으는
것이 취미인데, 씨앗도 꼭 미니어처 같다. 이렇게나 작은
데 그 많은 것들이 가득 차 있다니, 그 정교함에 감탄하게
된다. 손바닥에 올려놓고 새삼 놀라움을 느낀다. 땅에 씨

앗을 심으면 햇볕과 물, 바람의 보살핌으로 자란다. 씨를 뿌리는 행위에는 자연과 교감하는 기쁨이 있다. 처음에는 화분을 모으는, 지극히 개인적인 취미였지만 더 이상 나 혼자만의 일이 아니라는 생각이 든다. 식물을 자라게 하는 데는 우주의 법칙이 숨어 있다.

잎이 돋아나거나 꽃이 필 때도 정말 신기하지만, 씨앗에서 싹이 트는 커다란 변화와는 비교할 수가 없다. 날씨가 좋은 날엔 '언제 싹이 틀까' 하며 손가락으로 흙에 구멍을 내어 씨앗을 심는다. 손가락 사이사이 묻은 흙을 씻어낼 때의 그 개운함이란.

인터넷 사이트에서 봄에 파종할 채소와 꽃씨를 골랐다. 작년에 뿌리고 남은 것들도 있지만, 봉투 뒤에 찍힌 유통기한을 확인해보니 대부분 날짜가 지나 있었다. 어쩌면 원래부터 반년 정도밖에 발아가 보증되지 않았던 거겠지. 그래도 혹시 심으면 싹이 트지 않을까 싶어 같이 뿌리기로 했다.

3월 초부터 5월 초에 파종해야 하는 씨앗이 많지만,

나는 '벚꽃 피는 시기'에 씨앗을 뿌려야 한다. 그래서 3월 말부터 뿌리기 시작한다. 올해 봄은 따뜻한지 벚꽃이 예년보다 1, 2주 일찍 핀다고 해서 초조해졌다.

베란다에서 작업을 하고 있는데 멀리 공원의 벚나무가 보인다. 11층이라서 꽃이 잘 보이지는 않지만, 꽃잎이 바람에 날리는 모습이 정말 근사하다. 벚꽃 잎은 정말 가볍다. 꽤 많은 꽃잎들이 바람에 날려 11층 베란다까지 찾아온다. 바람이 별로 세지 않은 날에도 하늘 여기저기에 빙글빙글 춤추고 있는 꽃잎들이 보인다.

코스모스 씨앗을 뿌린 플랜터 위에 떨어져 있는 꽃잎 한 장을 발견했다. 정말 아름답다. 보석보다 더 반짝거리는 것 같다. 하지만 여린 벚꽃 잎은 금세 다치니 이런 걸로 액세서리를 만드는 건 아이들뿐이다.

코스모스

코스모스 씨앗은 작년에 사고 남은 것들이다. 작년에는 실패해서 하나도 피우지 못했다. 유통기한이 지난 씨앗이지만, 싹이 트면 올해는 잘 길러봐야지.

사실 3년 전쯤에도 코스모스 씨앗을 뿌린 적이 있다. 그때는 지금보다 더 아는 게 없어서, '코스모스를 키워보고 싶다'고 생각하자마자 바로 씨를 뿌렸다. 가을 꽃씨를 가을에 뿌렸으니 자라지 않는 게 당연하다. 화단을 만들려면 반년 뒤를 내다보고 씨앗을 뿌려야 한다. 식물의 시간은 인간보다 느긋하다.

아스파라거스 같은 경우는 수확할 수 있는 시기가 무려 3년 뒤라고 한다. 또 많은 과일이 열매가 열리기까지 몇 년 기다려야 하기 때문에, 나중을 생각해서 움직이게 된다. 베란다가 아니라 밭에서 재배하는 사람들은 흙을 준비할 때부터 그런 점까지 고려해서 이번에는 이걸 키우고, 다음에는 이걸 키우고…… 이런 식으로 연작에 방해가 되지 않도록 몇 년 뒤의 토양까지 더 오랜 시간을 고민하고 움직인다. 찰나를 사는 사람에게는 맞지 않는 작업이다.

식물에는 인간의 시간 감각과는 전혀 다른 느긋함이 흐르는 듯하다. 고다 아야(수필가. 1904~1990)의 《나무》라는 명수필이 있다. 고다 아야가 일본 전역에 있는 나무들을 보러 다니며 쓴, 정말 나무 이야기만 하는 책이다. 나무는 100년 단위, 야쿠삼나무는 1,000년 단위로 살기 때문에 인간의 머리로는 파악할 수 없는 시간을 보낸다고 한다.

예전에 내가 〈WEB 치쿠마〉에 연재했던 에세이《남자사람 친구를 만들자(男友だちを作ろう)》를 작업하면서 만난 사진가 이시카와 나오키 씨도, 씨앗에 푹 빠졌다는 이야기를 꺼내면서 새로운 종자를 개발하려면 몇십 년씩 걸리기 때문에 곧장 결과를 내기 원하는 현대인의 감각과는 다르다고 했다.

식물을 만지면, 절대적인 것이라고 믿어왔던 1초, 1분, 1시간이라는 시간 감각이 사실은 상대적이라는 사실을 깨닫는다. 어쩌다 보니 인간으로 태어나 일본 수도권 근교에서 성장했기 때문에 그 감각에 맞춰 생활하지만, 혹시 식물이나 다른 동물로 태어났거나 다른 나라에서 태어났다면, 이런 감각으로는 시간을 보내지 않았을 것이 틀림없다. 이를테면 30분만 지각해도 사회인으로서 '실격'이라는 통념도 분명 일본에만 있겠지. 일본 사회에서 살기로 한 이상 지키는 게 당연하지만 설령 일본에서 사회인으로서 실격이라고 해도 인간으로서는, 생물로서는 전혀 실격이 아니라는 점을 잊지 않고 싶다.

초심자는 물과 햇볕만 있으면 식물이 자란다고 생각하기 쉽다. 나도 처음에는 그랬다. 하지만 두 가지 못지않게 중요한 것이 흙이다. 어쩌면 볕이 드는 것보다 더 중요할지도 모른다. 국물을 우려내는 다시마의 질이 고기의 질보다 전골 요리의 맛을 좌우한다는 느낌이랄까.

식물에는 잎과 뿌리라는 두 개의 '입'이 있다. 햇볕을 받는 잎. 그리고 수분, 질소, 인산, 칼륨 등의 비료를 흡수하는 뿌리. 둘 다를 만족시켜야 한다.

몇 년 동안 씨앗을 대충 뿌려 길렀다가 죽인 이후로 흙의 중요성을 깨닫게 되어, 작년에는 좋은 흙 만드는 방법을 인터넷에서 찾아보았다. 적옥토, 흑토, 부엽토, 피트모스, 버미큘라이트 등 생소한 흙 이름을 확인한 뒤 가까운 가게에 가서 사 왔다. 식물의 종류에 따라 함께 쓰면 좋은 흙의 종류와 배합 비율까지 알아보았다. 물 빠짐이 좋아야 하는 식물이 있는가 하면 수분을 가둬두는 걸 좋아하는 식물도 있다. 풍부한 영양분이 필요한 식물이 있는가 하면 영양과다에 취약한 식물도 있다. 그렇기 때문에 씨앗의 특성에 맞게 흙을 혼합한다.

하지만 이렇게 좁은 베란다에서 작은 플랜터에 맞춰 번거롭게 흙을 만들다가는 가드닝이 싫어질지도 모른다는 생각에 중도 포기하고 이제는 적당히 해결하기로 했다. 바로 사용이 가능한 흙에 각각의 식물에 맞는 비료를 더한다. 꽃 심을 흙에는 제충제도 섞는다. 하지만 한 가지 예외는 있다. 장미를 위해서는 전용 흙을 이것저것 섞어 만든다.

파종에는 물 빠짐 좋은 가벼운 흙이 잘 맞는다고 한다. 작년에는 파종용 전용토를 구입했는데, 그 흙을 살펴보니 비료가 별로 섞이지 않은 가벼운 흙이었다.

파종용 흙을 매번 사면 좋겠지만 경제적으로 부담이 되어 올해는 가벼운 흙을 적당히 준비하기로 했다. 작년에 남은 흙에 부활제(復活劑)를 섞어 쓰거나 바로 사용 가능한 기성품 흙 혹은 '지피세븐'이라는 압축토를 쓰기로 했다. 부활제란 식물을 한 번 키우고 나면 흙에서 영양분이 빠져나가기 때문에, 영양제를 섞어 한 번 더 사용할 수 있도록 한 것이다(DIY 상점에서 판다). 완전한 새 흙에는 비길 수 없지만, 재활용이 가능하고 작년 흙을 전부 버리기도 아깝다. 차별하는 것 같아 미안하지만, 그다지 좋은 흙이 아니어도 잘 자라는 식물이나 튼튼해서 싹을 잘 틔울 것 같은 씨앗에는 이 재활용 흙을 쓰기로 했다.

　지피세븐은 지름 3cm, 높이 1cm 정도의 원반형 압축토인데, 물을 흡수하면 높이가 열 배 정도로 부풀어 오른다. 여기에 씨앗을 뿌리면 포트(작은 화분) 모종처럼 자란다. 나중에 옮겨 심기도 편하다. 흙을 파헤치다가 뿌리가 다칠 염려도 없고, 그대로 플랜터에 심을 수 있다. 저렴한 재료로 가드닝을 하고 싶은 사람들에게는 맞지 않겠지만, 작년에 써보고 정말 편리해서 올해는 인터넷으로 대량 구입했다.

　작년에는 포트에서 모종을 키우거나 트레이(얕은 파종용 상자)에서 키워서 솎아낸 뒤 분갈이를 했지만, 분갈이를 하자마자 시들어버린 모종이 많았다. 뿌리를 다치거나 환경이 변하면 금방 약해지는 식물이 있지만, 지피세븐에 파종한 식물은 분갈이를 해도 시들지 않았다. 물

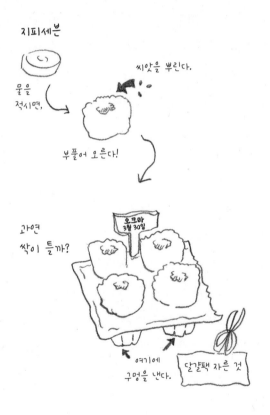

지피세븐

물을 적시면,

씨앗을 뿌린다.

부풀어 오른다!

과연 싹이 틀까?

오크라 3월 30일

여기에 구멍을 낸다.

달걀팩 자른 것

시간의 씨앗

아깝잖아요 햇볕이

론 나의 경험일 뿐이니 모든 사람에게 권할 수는 없지
만······.

　씨앗 봉투 뒷면을 살펴보면 직접 파종이 좋은지, 트
레이 파종이 좋은지, 포트에 몇 알씩 파종하는 것이 좋은
지 등 추천하는 파종 방법이 적혀 있지만, 몇 년 동안 파
종해보고 가드닝 감각이 생기면 저절로 알게 된다. 나도
아직 가드닝 감각이 충분하지는 않지만, 몇 년 전부터 조
금씩 감이 오기 시작했다. 초심자였을 때는 왜 직접 파종
하지 않고 포트에 뿌려서 어느 정도 키운 뒤 옮겨 심는지
이유를 몰라 대부분 직접 파종했다. 하지만 역시나 잘 자
라지 않았다.

　내 추측이 맞는지는 모르겠지만, 뿌리에 맞는 크기
의 화분이나 플랜터가 아니면 적절한 수분 상태를 유지
할 수 없는 게 아닐까. 매일 아침 같은 양의 물을 주는 게
좋은 것이 아니라 흙의 표면에 습기가 있으면 주지 않고,
말라 있으면 화분 속의 흙 전체가 충분히 축축해지되 과
하지 않게 주어야 한다. 그래서 너무 커다란 플랜터에 작
은 뿌리가 있는 경우에는 물 주기가 어렵다. 그렇기 때문

에 성장에 맞추어 조금씩 큼지막한 화분이나 플랜터로 분갈이를 해주어야 한다.

작은 씨앗은 그대로 훌훌 뿌릴 때도 있지만, 대부분 하룻밤 물에 재웠다가 파종한다. 싹 트는 데 도움이 되지 않을까 싶어 '메네델(Menedael)'이라는 영양제도 구입해보았다. 씨앗을 재워둔 물에 메네델을 한 번씩 뿌려준다. 파종 후 물을 줄 때도 희석해서 쓴다. 비료와는 다른 식물 활력제로 식물의 생장을 돕고, 그렇게 비싸지 않아 대용량 제품을 사두었다.

이 시기에는 달걀이나 채소, 두부 포장 팩 같은 플라스틱 쓰레기를 버리지 않고 많이 모아둔다. 씨앗을 종류별로 물에 재워둘 때도 쓰고, 흙을 담아 미니 화분처럼 쓰기도 한다. 지피세븐도 종류별로 구분해두지 않으면 나중에 헷갈리기 쉬워서 팩에 나눠 넣어둔다.

물 빠짐이 나쁘면 안 되니 팩 바닥은 와인 오프너로 구멍을 여러 개 뚫는다(송곳이 있으면 좋겠지만 우리 집에는 송곳이 없다). 그리고 가위로 살짝 가위집을 넣어 이름표를 꽂아준다(이름표는 가게에서 싸게 판다. 이름과 파종 날짜를 써두지 않으면 관리가 힘들어진다. 처음에는 두꺼운 종이를 잘라서 이름표를 만들었는데, 물에 젖거나 흙에 꽂아두면 잘 썩는다. 플라스틱 조각을 잘라 유성매직으로 써도 비나 바람에 날아갔는지 어느샌가 사라져서 사서 쓰는 게 낫다는 결론에 이르렀다. 글씨를 쓸 때는 검정 매직이 아니라 사인본을 만들 때 쓰는 금색 매직을 사용한다).

작년에는 달걀 포장 팩에 산딸기를 키우고 두부 팩에 라벤더를 키웠다. 눈 깜짝 할 사이에 크게 자라서 뿌리를 충분히 뻗지 못해 시들어버렸다. 작은 싹은 분갈이가 어려워 달걀 팩 정도의 미니 플랜터에서 키울 수 있는 식물은 제한되어 있다.

올해는 오로지 지피세븐 보관용으로만 포장 팩을 활용했다. 하룻밤 불린 씨앗을 다음 날 아침 몇 알씩 지피세븐에 묻거나 트레이에 흩뿌리거나 직접 파종했다. 딜, 파슬리, 고수, 민트, 바질 같은 허브 종류는 허브용 미니 플랜터에 직접 파종했다. 싹이 튼 다음의 크기를 예상할 수 있게 되면 알맞은 플랜터를 고를 수 있다.

작년 가을에 하와이 여행에서 사 온 마카다미아 씨

앗도 심어봤지만, 너무 단단해서 싹이 틀 가능성은 희박한 것 같다.

수집욕에 사로잡혀 이것저것 많이 모았다. 지금까지 자라지 못한 것들은 장소가 좁아 뿌리를 뻗지 못했기 때문이다. 잘 알고 있었는데도 좁은 곳에 심어버렸다. 우주의 법칙에 따라 도태되는 것들도 많으리라.

11.
세상의 숨음질에 익숙해진다는 것

> 나는 남의 목숨을 빼앗으며 살고 있다는
> 사실이 괴로워서 될 수 있는 한 피했다.
> 당시에는 한 생명체의 생과 사에 관여하
> 는 것이 괴롭고, 내가 필요한 만큼 공기
> 를 밀어내는 것조차 괴로웠다.

싹 트는 과정을 관찰하는 것은 무척 즐겁다. 한 생명의
시작을 보면 두근거림과 함께 큰 기쁨을 느낀다. 사람들
은 씨앗을 두고 아직 살아 있지 않는 존재라고 생각한다.
씨앗도 하나의 생명체로 인정해야 하는지 학문적인 견해
는 잘 모르겠지만, 싹이 트고 나서야 비로소 생이 시작되

는 것 같긴 하다.

하지만 살아 있다는 것은 뭘까? 어떤 것을 살아 있다고 봐야 할까? 깊이 생각하면 할수록 어려운 문제다. 수분을 머금고, 숨을 쉬고, 활동을 멈추지 않은 상태일까? 하지만 그렇지 않은 생물도 있을 터라 딱히 정의내리기는 어렵다. 물기 없이 말라 있거나 호흡하지 않거나 휴면 상태로 죽은 것처럼 보이는 생물도 있지 않은가.

어쨌든 인간은 살아 있는 것에 신경을 쓴다. 눈앞에 있는 것이 살았는지, 죽었는지 살피고 살아 있다고 느끼면 아무리 작은 생명이라도 귀하게 여긴다. 그래서 돌멩이를 버리는 건 아무렇지 않지만, 벌레를 죽일 때는 가슴이 아프다. 해충을 제거하는 건 어쩔 수 없지만, 익충과 해충을 구별하는 기준도 인간의 시선이라는 걸 알기 때문에 가능하면 죽이고 싶지 않다. 여름에 모기가 날아들면 손으로 탁 때리지만, 그것도 가슴이 아프다. 모기향을 피워 모기의 죽음에 직접적으로 관여하고 싶지 않다. 나를 괴롭게 할 때는 없어지길 바라면서도 죽는 장면은 가능한 한 보고 싶지 않고, 자연과 함께 사라져주면 좋겠다.

지극히 인간 중심적인 사고방식이다.

　나는 여전히 '솎음질'에도 익숙해지지 않는다.

　씨를 뿌릴 때 한 알의 씨를 하나의 모종으로 키워내
야겠다고 생각하는 사람은 드물다. 많이 파종해서 솎아
내는 것이 일반적인 재배법이다. 발아율이 100%인 씨앗
은 없다. 싹이 트더라도 아무 문제없이 꽃까지 피워낼 확
률도 높지 않다. 그러니 씨앗을 다섯 알 뿌려 싹 세 개가
트였다면 하나만 남기고 두 개의 싹은 솎아내야 한다.

　솎음질의 괴로운 점은 제초와 달리 솎아내는 풀과
살아남는 풀에 차이가 없다는 사실이다. 같은 종이니까.

　'어째서 이 싹은 솎아내고 저 싹은 남길까.'

　솎음질을 하면서 자문자답한다. 생존율을 높여야 하
니 약해 보이는 것을 골라 솎아낸다. 다른 싹에 비해 크
고 튼튼한 싹을 남기지만, 지금까지의 경험을 되짚어보
면 작았던 모종이 나중에 크게 자라기도 한다.

　배우 겸 가수 오카다 준이치 씨가 진행하는 라디오
방송에 출연한 적이 있다.

세상의 솎음질에 익숙해진다는 것 • 아깝잖아요 햇볕이

"취미가 있으신가요?"라는 질문에 "베란다 가드닝을 해요" 하고 대답했다. 오카다 준이치 씨는 "좋은데요? 근데 저는 솎음질에 약해서……"라며 말끝을 흐렸다. '인간이라는 존재를 잘 아는 사람이구나'라고 생각했다.

다른 사람들에게 가드닝을 좋아한다고 말하면, "온화하신 분이네요"라는 반응이 되돌아올 때가 많다. 하지만 가드닝은 잔혹함이 없으면 하기 힘든 작업이다. 식물을 키우면서 가장 마음에 걸리는 것이 바로 이 솎음질이다. 같은 종류의 식물 중에서 하나만 골라 돌보고, 나머지는 버린다. 나로 인해 생명이 시작되게 만들고서는, 삶을 시작하면 뽑아낸다. 매우 불합리하고 잔인한 일이다. 나는 아직도 이를 정당화할 논리를 발견하지 못했다.

사실 나는 고기와 생선을 먹기 때문에 벌레뿐만 아니라 많은 목숨을 빼앗으며 살고 있다. 하지만 내 손으로 죽인 적은 없다. 생물이 죽는 장면을 보고도 먹었던 건 바지락 정도뿐이다. 아라카와 히로무(만화가. 1973~)의 《은수저》라는 만화에서는, 농업고등학교에 다니는 학생들

이제 손으로 기른 돼지를 베이컨으로 만들어 먹는 장면이 나온다. 이 부분을 읽고는 너무 놀랐다. 나로서는 상상도 못 할 일이다.

얼마 전 미야자와 겐지(동화작가, 시인. 1896~1933)의 이상향인 모리오카와 하나마키로 여행을 떠날 기회가 생겼다. 작가에 대한 조사 겸 예습 삼아서 그가 쓴 동화를 읽었다. 겐지는 생명을 빼앗는 것을 극단적으로 혐오했던 듯하다. 초임 교사 때는 튀김 국수 같은 것도 먹었지만, 나중에는 채식주의자가 되었다고 한다. 농업고등학교에서 학생들을 가르치며 늘 생명과 마주했으니, 분명히 생명에 대한 책임을 깊이 느꼈던 것이리라.

나는 네 살 정도까지 고기가 어떻게 만들어지는지 몰랐다. 유치원에서 우리가 먹는 것들이 원래는 전부 살아 있었던 것이라는 이야기를 들었을 때는 스테이크 고기가 풀 위에 누워 있는 광경을 상상했다. 그것의 정체가 소와 돼지라는 사실은 초등학교에 가기 직전에야 알게 됐다. 그 이후부터 극단적으로 고기를 먹지 않는 아이가 되었다. 뭔가를 먹는다는 사실이 불결하게 느껴져 흰색

세상의 속음질에 익숙해진다는 것

햇볕이 아깝잖아요

음식만 찾았던 기억이 난다. 흰 쌀, 그라탱, 크림 스튜 등을 좋아하고 생선이나 고기 등 색깔이 있는 음식을 피했다. 그다지 엄하지 않으셨던 부모님은 나의 편식을 허락하셨다. 언젠가 친척 집에 갔을 때 "단백질도 먹어야 해"라고 꾸짖었던 친척 어른의 말이 아직도 생생하다.

한동안 나는 남의 목숨을 빼앗으며 살고 있다는 사실이 괴로워서 될 수 있는 한 피했다. 당시에는 한 생명체의 생과 사에 관여하는 것이 괴롭고, 내가 필요한 만큼 공기를 밀어내는 것조차 괴로웠다. 내가 없으면 다른 생명이 살 수 있는데, 내가 없으면 나를 대신할 사람이 있을 텐데. 살아 있는 것만으로 누군가의 '자리'를 빼앗는구나. 나의 존재만으로도 남에게 피해를 준다는 생각이 혐오스러웠다.

종종 내 소설의 주인공이 '초식계'라는 비판을 받는데, 사실 내가 바로 그런 인간이다. 경쟁에 참여하는 것은 가능한 한 피한다. 유소년기에는 거친 자연 환경에 노출될 여지가 거의 없었고, 아이들끼리 경쟁하는 일도 없이 비교적 평등한 교육을 받고 자랐다. 그저 온순하고 허

약한 아이였다. 나는 경쟁을 싫어하는 어른이 되었고, 연애할 때도 자기주장이 서툴렀다. 어른들은 그런 나를 안타깝게 여겼다. 어른이 되고 나서 남과 비교당하는 괴로움, 남을 밀어내고 앞서가야 하는 곤란함을 깨닫고 당황했다.

야마기시 료코(만화가. 1947~)의 《귀(鬼)》라는 만화가 있다. 덴포 시대(1831~1845년)의 대기근을 그린 작품인데, 흉작으로 굶주림에 시달리던 마을 사람들이 고민 끝에 각자의 집에 한 명의 아이만 남기기로 결론을 내린다. 땅에 깊은 구멍을 파고 둘째, 셋째 아이들을 던져 버린다. 부모들은 자신의 아이에게 손을 댈 용기가 없으니 다른 사람의 손을 빌린다. 그렇게 버려진 아이들은 캄캄한 구멍 속에서 굶주림으로 고통스러워하다가 결국 먼저 죽은 아이들의 시체를 먹게 된다. 그 끔찍한 역사를 현대의 대학생들이 마주하게 된다는 줄거리다. "부모를 원망하고 싶으면 원망해도 돼", "사람은 살 수 있는 가능성이 있는 한, 살 권리가 있어"와 같은 대사를 통해 작가의 메시지

세상의 속음질에 익숙해진다는 것 • 아깝잖아요 햇볕이

가 드러나는데 인간의 업과 세상의 복잡함이 겹쳐 마지막 페이지에 이르렀을 때는 이 세상을 살아가는 게 얼마나 힘든 일인지 절감하게 된다.

문학에서 '형제 중 누가 살아남는가'는 늘 되풀이되는 테마다. 카인과 아벨 이야기를 시작으로 형제간의 질투와 시기, 그리고 경쟁은 시대를 초월해 계속되었다. 생과 사를 넘나드는 문제가 아니더라도 '형제 중 누가 집을 상속할 것인가', '아버지의 뒤를 누가 이을 것인가', '부모의 애정을 누가 더 많이 받는가' 따위의 문제는 모든 시대의 작가가 주목했던 문제다.

무라사키 시키부(작가, 시인. 생물년 미상)의 《겐지 이야기》에서도 주인공 히카루 겐지는 천황이 가장 사랑하는 아들이었지만, 외가의 후원을 받지 못해 세력가인 고키덴 뇨고의 아들에게 밀려 동궁이 되지 못한다. 그로 인해 《겐지 이야기》는 그저 잡다하기만 한 연애 이야기가 아닌 거대한 소용돌이를 품은 서사가 된다. 히카루 겐지의 아들 가오루는 아버지의 대를 이어야 하는 입장이지만, 자신의 출생을 둘러싼 비밀을 알고 자격이 없음을 괴로워한다. 그의 옆에는 좋은 집안의 니오우미야라는 라이벌이 존재한다. 이 위대한 이야기 속에는 '패배의 미학'이 가득하다. 문학은 생존경쟁에서 패배한 자가 만들었다고 해도 과언이 아니다.

나는 어릴 때부터 책 만드는 사람이 되고 싶었다. 서점은 꿈의 장소였다. 언젠가 서점에, 그곳 서가에, 내가 쓴 책이 한 권이라도 진열되면 죽어도 좋다고 생각했다. 막상 내 소설이 출간되자 기왕이면 눈에 잘 띄는 곳에 놓이길 바랐다. 문예지에 소설을 발표했을 때는 표지에 제목과 내 이름이 크게 실리길 바랐고, 목차에도 큰 활자로 잘 보이게 소개해주었으면 했다. 다행히도 데뷔작부터 서점과 출판사에서 좋은 반응을 얻었고, 내 오랜 소망도 이뤘다. 그러나 반대로 생각해보면 다른 책, 다른 작품을 밀어내야 실현할 수 있는 것들이다. 모든 작품이 평등하게 세상에 알려지는 일은 없다. 어느 틈에 나는 무척 싫어하던 경쟁의 세계 속에 들어와 있었다.

전에는 내가 쓴 작품이 문학상을 받기를 꿈꿨다. 감

• 햇볕이
아 깝잖아요

세상의
속음질에
익숙해질다는
것

사하게도 데뷔작부터 문학상 후보에 계속 올랐는데, 막상 동료의 작품과 경쟁하고 평가받는 위치에 놓이게 되니 당혹스러움을 감출 수 없었다. 게다가 내 사생활까지 입에 오르내리게 되자 참을 수 없는 지경에 이르렀다. 문학상 후보에 오르는 것은 영광스러운 일이지만, 문학상을 두고 경쟁하는 일은 무척이나 견디기 힘든 일이었다. 이럴 바엔 차라리 후보에 오르는 걸 거절하는 편이 낫지 않을까 싶을 때도 있었다.

하지만 깨달은 사실이 하나 있다. 현대 일본 문학계가 위기에 처했다는 것이다. 나는 작가로서 본격적인 활동을 시작하기까지 일본의 고전문학을 읽을 기회가 많았다. 그래서 일본 문학사는 언제까지나 지속될 확고한 존재라고 생각해왔다. 공부가 부족해 현대문학을 그다지 접하지 못했고, 동시대 작가들이 품고 있는 문제의식에 동참하지도 못했다. 문학의 세계를 더욱더 풍요롭게 하고 앞으로 새로운 시대를 만들어가겠다는 포부도 없었다. 오랫동안 명맥을 이어온 문학의 역사 속에서, 그 확고한 세계 안에서, 그저 묵묵히 작품을 발표하는 것이 내가 할 일이라고 생각했을 뿐이다. 하지만 그 세계가 조금씩 무너지고 있다면 어떻게 해야 할까?

경영난으로 폐업하는 동네서점이 속출하고, 전국적으로 서점 수가 줄어들고 있다고 한다. 새로운 전략으로 체인 사업에 뛰어든 서점은 살아남았지만, 만화나 비즈니스 분야의 서가가 늘어나 매장 한가운데 놓이고, 매출에 도움이 되지 않는 문학서는 구석으로 밀려나 버렸다. 또 재능 있는 사람들은 게임과 IT업계로 흘러가고, 소설가를 지망하는 젊은이는 줄어들고 있다고 한다. 일각에서는 글로벌화로 인해 영어가 공용어가 되면서 일본어 같은 소수 언어는 점차 소멸할 것이라고 예측하는 사람도 있다. 미래를 생각하면 일본 문학의 존속을 장담할 수 없는 지경이다.

물론 당장 내일 망한다는 뜻은 아니다. 앞으로 몇 년은 문제없으리라. 작가 활동을 계속하는 동안 나에게는 또래 작가 친구들이 많이 생겼다. 다들 재능이 많고 의욕이 넘치는 사람들이다. 일본 문단이 위기라고는 하지만, 나는 여전히 이곳에 뛰어난 재능을 지닌 인물들이 가득

햇볕이
아깝잖아요

세상의
속음질에
익숙해진다는
것

하고 재미있는 일이 벌어지는 곳이라고 생각한다. 그러나 문학이란 것은 당장의 경제적인 이득을 주지 않기 때문에 그 힘이 약해지고 있다는 것을 실감한다. 이 작은 세계 안에서 내 작품이 어떻게 다루어지는지만, 신경 쓰면 앞으로 새로운 시대는 만들 수 없다. 내 작품을 쓰는 것도 중요하지만, 분명 그 이상으로 요구되는 일이 있다. 때로는 구석에 자리를 잡고 경쟁에서 패배하는 경험도 겪으면서 자신이 속한 세계 자체를 재미있게 발전시키는 것이 진짜 할 일 아닐까.

나는 서점에 다시 활기를 불어넣고 싶다. 내가 쓴 책이 잘 팔리지 않아도 다른 작가가 쓴 책이 팔릴 수 있는 시스템을 고민하고 싶다. 문학상이라는 축제를 어차피 개최할 거라면 기꺼이 디딤돌이 되어 세상이 문학을 주목하는 데 기여하고 싶다.

개별의 행복이 아닌 공동체의 행복을 추구할 때 개인의 행동은 바뀐다. 미야자와 겐지의 어느 동화에는 전갈이 등장한다. 다른 생물을 살생해왔던 전갈은 정작 다른 생물이 자기를 공격하자 도망쳐버린 것을 후회한다.

자신의 생명도 다른 누군가에게 도움이 되는 형태로 쓰여야 한다고 생각한다. 언젠간 사그러질 나의 목숨도 누군가에게 도움이 되었으면 좋겠다.

어릴 때는 솎음질의 이유를 알지 못했다. 부모님이 제초 작업을 할 때면 "잡초를 왜 뽑는 거야? 생명은 다 소중하잖아"라고 질문을 해대는 통에 부모님을 꽤나 곤란하게 만들었다. 하지만 어른이 되니 그런 의문도 옅어졌다. 너무 자란 뒤에는 힘이 더 드니 조금 자랐을 때 뽑아야 한다. 소중하게 키운 꽃과 채소를 우선순위로 두면 제멋대로 커져 장소만 차지하는 풀은 점점 배제된다. 가슴 아프지만 잘라내야 한다.

솎음질은 불합리하고 잔혹하다. 하지만 안타깝게도 식물 세계에도, 동물 세계에도, 인간 세계에도 존재한다. 이 잔혹한 세계에 맞서 새로운 가치관을 어떻게 만들어 갈지 모색하는 것 역시 작가의 일인지도 모른다.

것 익 솎 세   아 햇
숙 음 상   깝 볕
해 질 의   잖 이
진 에   아
다 는   요

12.

싹이 트는 기쁨

싹이 트면 내가 할 수 있는 일은 아무것
도 없다. 그저 지켜볼 뿐.

떡잎은 어처구니없이 귀엽다. 그 귀여움은 본잎과 비교할
수도 없다.

씨를 뿌리고 나서부터는 '아직인가? 아직인가?' 하며
싹이 트기를 기다리게 된다. 〈이웃집 토토로〉라는 애니
메이션의 주인공 꼬마 '메이'의 마음처럼. 화단에서 잠깐

멀어졌다가 다시 돌아오고, 잠깐 멀어졌다가 다시 돌아와 흙을 바라보며 '아직도 안 나오네' 하며 한숨을 쉰다. 꼬마 메이의 호들갑 정도는 아니지만, 눈을 돌린 사이에 싹이 나오지 않을까 싶어 몇 번씩 돌아보게 된다. 하룻밤 지나면 나오지 않을까, 다음 날 아침 또 확인한다.

싹이 틀 때까지 걸리는 시간은 제각각이다. 빠른 것은 사흘 만에도 싹이 나오지만, 파종한 지 두 달 후에야 나오는 것도 있다. 종류가 같은 식물은 비슷한 시기에 싹이 나는 걸 보면 꽤 세세한 법칙이 있는 것 같다. 우리 집 베란다에는 한 달쯤 지나야 싹을 틔우는 것이 많다. 의외로 시간이 걸린다. 그 작은 씨앗에 어떤 법칙이 담겨 있는지는 알 수 없지만, '기온이 몇 도가 되었을 때'라든가 '아침저녁의 기온차가 몇 도일 때'라든가 '습도가 몇 퍼센트일 때'라든가 '빛이 느껴지기 시작할 때' 등의 측정기가 씨앗 안에 들어 있음에 틀림없다.

흙을 덮고 나면 씨앗의 변화를 확인할 수 없다. 1주일, 2주일이 지나도 아무 소식이 없으면 '너무 깊게 묻어서 빛과 온도를 느끼지 못하는 게 아닐까', ' 물을 너무 줘서 썩었나', '어딘가로 흘러가 버렸나', '사라졌나', '씨앗을 심은 기억이 조작된 게 아닐까' 따위의 걱정이 깊어져 흙을 다시 파헤쳐보고 싶다.

사실 작년에는 몇 번인가 흙을 다시 들춰냈다. 뿌리 비슷한 것이 찔끔 자라나 있고, 잎사귀가 들어 있는 것처럼 부풀어 있었다. 다시 묻으면 계속 자랄 거라 생각했지만, 공기에 노출되니 전부 죽어버렸다. 어느 정도 자란 것은 분갈이라도 할 수 있지만, 이렇게 작을 때는 소용없다. 회복력과 치유력이 없으니 뿌리의 각도가 조금 바뀌거나 손톱이 살짝 스치기만 해도 죽는다.

물을 주는 것도 매우 어렵다. 씨앗이 떠내려가기도 하고 크기가 작은 싹은 물뿌리개의 수압만으로도 상처입는다. 실제로 씨앗을 흘려보내기도 하고 싹을 흙 속에 깊이 파묻은 적도 있다. 분무기로 물을 뿌리면 된다는 조언을 듣고 분무기를 사용해보기도 했지만, 보충할 수 있는 수분의 양이 매우 적어 흙이 금세 말라버린다. 하루에 몇 번씩 물을 줘야 물 마름을 방지할 수 있으니, 꽤나 번거롭다. 젖은 신문지로 흙을 덮어주라는 말도 자주 들어서 몇 번 시도해봤지만, 요즘은 귀찮아서 하지 않는다. 결국 작은 물뿌리개로 가장자리에 살짝 물을 주고 있다.

식물의 몸은 대부분 수분으로 이루어져 있어 일정량을 유지하지 못하면 죽는다. 인간과 마찬가지다. 반면 씨앗은 물이 없어도 긴 시간을 보낼 수 있다. 말하자면 타임캡슐이랄까. 태어나기에 적절한 시기를 기다렸다가 자신이 원하는 계절에 생명 활동을 시작한다. 그 작동 방식은 매우 불가사의하다. 씨앗은 건조한 상태를 예상하고 그렇게 살기를 선택한 것이 틀림없다. 그리고 그 조건에 맞는 강도를 단 한 번 유지한다.

일단 물을 만나면 두 번 다시 원래의 상태로는 돌아갈 수 없다. 씨앗에게 물을 받아들인다는 것은 탄생을 의미하는 것이다. 삶을 시작하고 나서 '이런, 생각보다 바깥 상황이 좋지 않군. 아무래도 타임캡슐로 돌아가 조금 더 있다가 태어나야겠어'라고 후회해도 불가능하다. 흐르기 시작한 시간은 멈추지 않는다. 조금이라도 수분을 맛본 씨앗은 건조해져도 원래의 모습으로 돌아가지 않고 부풀었던 형태로 말라 죽는다. 씨앗을 '곧바로 뿌리지 않을 때는 건조하고 서늘하며 그늘진 곳에 보존할 것'이라고 주의를 주는 것도 바로 이 때문이다. 조금이라도 습기와 온기, 빛을 느끼면 생을 시작하기 때문이리라. 한번 시작된 삶은 되돌릴 수 없다.

'호광성 종자'와 '혐광성 종자'라는 용어가 있다. 빛을 감지하면 발아하는 종자와 그 반대의 종자다. 호광성 종자는 흙을 너무 많이 덮으면 싹이 나지 않는다. 작은 알갱이가 흙 속에서 빛을 느낀다는 표현이 이상하지만, 아무튼 그렇다고 한다. 즉 얕게 파종하는 게 좋은 경우와 깊이 파종하는 게 좋은 경우가 있다는 이야기다. 물 뿌리는 법과 적당한 온도도 제각각이다. 완벽하게 하고 싶다면 각각의 특성을 알아본 뒤 온도계를 보며 파종 시기를 정하고 자로 흙의 깊이를 재가면서 씨앗을 묻어야 한다. 하지만 그렇게 하면 머리가 아파서 씨앗을 뿌릴 마음이 사라지기 때문에 대충 알아보고 대충 뿌린다.

그러다 보니 내 베란다의 발아율은 높지 않다.

그래도 파종 후에는 너무 두근거려서 몇 번이나 베란다로 나가 트레이에 얼굴을 가져다 댄다. 싹이 날 조짐이 없나 뚫어져라 쳐다본다. 흙이 조금 부풀지는 않았나, '초록 동그라미'가 없나 눈을 크게 뜨고 찾는다.

　　초록 동그라미는 내가 만들어낸 말인데, 줄기를 의미한다. 대부분의 식물은 올가미처럼 구부러진 줄기가 땅 위로 쏙 얼굴을 내밀면서 싹이 트기 시작한다. 뿌리를 뻗고 줄기를 둥글게 올렸다가 직선으로 일어나며 쌍떡잎을 피운다. 인간으로 치자면 먼저 손으로 땅을 짚고 다리를 폈다가 허리를 일으키며 일어나는 느낌이랄까. 흙 속에서 반들반들하고 작은 초록 동그라미를 발견하면 마치 행운이라도 찾아낸 것처럼 기분이 좋아진다. 빨리 초록 동그라미를 보고 싶어서 열두 시가 넘은 한밤중에도 손전등을 들고 한 바퀴 둘러보러 나간다.

　　일단 싹이 트고 나면 내가 할 수 있는 일은 아무것도 없다. 그저 지켜볼 뿐. 건드리면 죽어버리고, 필요 이상 물을 주면 썩는다. 손전등 빛을 비추며 어울리지도 않는 다정한 목소리로, '잘 자라야 해' 하고 속삭이거나 '후우' 하고 숨을 불어줄 뿐이다. 숨을 불어주는 이유는 식물에 이산화탄소가 필요하지 않을까 하는 생각에서다.

　쌍떡잎식물에서는 쌍떡잎이 나온다. 풋콩의 잎은 알기 쉬워서, 씨앗 속에 들어 있던 잎이 부풀어 오르듯이 돋아난다. 씨앗이 빠끔 갈라지는 모양부터가 쌍떡잎처럼 보인다. 도톰하고, 반들반들 빛나고, 영양소가 꽉 찬 느낌. 쌍떡잎은 정말 귀엽다. 꼭 갓난아기의 손처럼. 일곱 살 터울의 여동생이 갓 태어났을 때, 만져보았던 동생의 손처럼 하얗고 통통하다. 조금 전까지 배 속에 있었던 티가 역력한데도 그 작은 손가락은 온전한 모양을 갖추고 있었다.

　그런가 하면 파나 부추 같은 외떡잎식물은 떡잎이 한 장이다. 철사가 꺾인 것처럼 구부러진 잎사귀가 고개를 내밀었다가, 이윽고 일직선으로 쭉 뻗는다. 처음 구부러져 있던 모양을 생각하면 접힌 흔적이 남을 것 같지만, 다 자라고 나면 처음부터 일직선이었던 것처럼 흔적이 감쪽같이 사라진다. 잎사귀 끝 쪽에 씨앗의 껍질이 달려 있는데, 마치 작은 새들의 모이 껍질

부추

같다.

옛날에 길렀던 작은 앵무새는 부리로 능숙하게 좁쌀을 쪼아 알맹이만 빼 먹고 껍질은 그대로 상자에 남겨서, 겉으로 보기에는 모이가 전혀 줄어든 것 같지 않았다. 상자를 새장에서 꺼내어 '후' 불어보면 껍질이 풀풀 날려서 '아, 다 먹었구나' 하고 알 수 있었다. 상자를 들고 현관에서 먹이통을 '후' 불던 어릴 때의 정경을 지금도 기억해낼 수 있다. 좁쌀의 큼큼한 냄새, 바람에 팔랑팔랑 날리던 껍질, 금속으로 된 새장 문을 열고 닫을 때 삐걱이던 소리, 손가락을 넣으면 작은 부리가 쪼아대던 감촉까지 또렷이 떠오른다.

물론 쌍떡잎식물에도 껍질이 달려 있다. 쌍떡잎은 그 껍질을 밀어내고 활짝 피어야 하기 때문에 꽤 중노동을 해야 한다. 껍질이 퍽이나 단단해서 며칠이나 껍질을 쓴 채로 지내는 싹도 종종 본다. 방울토마토나 오크라는 껍질 속에 양손을 모은 듯한 상태로 끝부분을

방울토마토

138

넣고 있어서 '빨리 밀어내고 잎을 피우란 말이야' 하고 재촉하게 된다.

나팔꽃처럼 기르기 쉬운 식물은 싹도 빨리 트고 문제없이 잘 자라지만, 애초에 껍질을 잘 밀어내지 못하는 싹은 주의를 기울여야 한다. '도와줄까' 싶어 손으로 껍질을 벗겨주면 바로 시들어버린다. 과보호는 금물이다. 아무리 힘들어도 스스로 자신의 힘에 맡겨야 한다.

올해는 나팔꽃과 여주를 같은 날 파종했다. 나팔꽃은 2주일 뒤에 싹이 텄지만, 여주는 두 달을 넘기고 겨우 싹이 텄다. 두 달 동안 흙 속에서 무엇을 하고 있었을까. 싹이 틀 준비를 하고 있었을까? 아니면 게으름을 피우다가 심심함을 못 참고 싹 틔울 마음이 생긴 걸까? 작년에는 여주가 싹이 트는 데 이만큼 시간이 걸렸다는 기억이 없는 걸 보면 올해는 뭔가 조건이 맞지 않았던 것이리라.

나팔꽃

어쨌든 두 달이나 묵묵부답이어서 올해는 틀렸구나 싶어 거의 포기했었다. 여주는 씨앗부터 재배하기가 힘

기쁨 싹이 트는 × 아깝잖아요 햇볕이

드니 6월이나 7월에 모종으로 다시 사야겠다고 계획을 수정하려던 참이었다.

가드닝에는 파종하거나 모종을 사는, 두 가지 방법이 있다. 초심자에게는 모종을 추천하는 경우가 많다. 비용 면에서는 파종이 더 저렴하지만, 모종이 확실히 잘 자라기 때문이다. 솎음질의 괴로움을 맛보지 않아도 되고 여러 가지 장점이 많다. 하지만 나는 싹이 텄을 때의 기쁨을 느끼고 싶어 가능한 한 파종부터 시작한다. 손톱보다 작은 알갱이가 햇볕을 받아 눈부시게 성장하는 모습이 재미있고 사랑스럽다.

파슬리

그래서 여주의 싹이 텄을 때는 덩실덩실했다. 두 달 동안 여행으로 집을 비웠던 날을 제외하고 매일 물을 준 보람이 있었다. 마음고생을 한 탓인지, 모자란 자식이 더 애가 타고 정이 가는 것처럼 다른 싹들보다 더 사랑스럽다. 창을 가려줄 정도로 무럭무럭 자라는 모습을 기대하고 있다.

아보카도도 싹이 틀 때까지 나를 상당히 기다리게 했다. 슈퍼마켓에서 산 아보카도를 먹고 탁구공만 한 씨가 남았다. 동글동글 예뻐서 버리기 아까워 화분에 심었다. 싹이 트지 않았다. 인터넷 검색을 해보니 아보카도를 키우는 사람이 꽤 있는지 많은 글이 보였다. 사람들이 권하는 방법은 500mL 페트병을 반으로 잘라 물을 넣고 아보카도 씨앗에 세 군데 구멍을 뚫은 뒤 이쑤시개를 꽂아 페트병 위에 얹는 것이었다. 이렇게 하면 씨앗의 아래 부분이 물에 잠긴 상태가 되는데, 그대로 한 달 정도 놔두면 싹이 난다고 했다.

반신반의하며 설명대로 주방 구석에 두고 아무 변화가 없는 씨앗을 들어 올려가며 물을 갈아주던 어느 날, 정말로 한 달 만에 씨앗에 금이 가기 시작하더니 곧 갈라진 틈에서 뿌리와 싹이 나왔다. 투명한 페트병 속에 담겨 있어서 뿌리가 어떻게 생겼는지 볼 수 있어 더욱 재미있었다. 물속에서 하얀 뿌리를 뱀처럼 흔들거리며, 위로 싹이 자랐다. 원래 형태가 그대로 남아 있는 아보카도 씨앗은 양분 역할을 하는 거겠지. 비료 없이 물만 먹고 자라니까 아마도 그렇지 않을까.

한 달 정도 지나니 페트병 속에 뿌리가 꽉 차서 화분

기쁨 싹이 트는 × 아깝잖아요 햇별이

141

으로 옮겨 베란다에 내놓았다. 그리고 1년 반이 지난 지금 30cm 정도의 나무가 되었다. 언젠가 열매가 열리면 좋겠지만, 최소 10년은 걸릴 것 같다. 그때는 정원이 있는 집을 지어 화분이 아닌 땅에 심어주고 싶다.

가드닝을 하다 보면 다양한 기쁨을 맛보지만, 역시 싹이 틀 때가 가장 빛나는 순간인 것 같다. 나는 스물여섯에 작가로 데뷔해 이제 겨우 아홉 해를 넘겼으니 아직도 산기슭을 어슬렁거리고 있을 뿐이다. 천천히 문학의 길을 밟아가며 위를 향해 올라가야 한다. 어쩌면 먼 미래에 내 작품이 문학상을 수상하거나 작가로서 기념할 만한 시기를 맞이할지도 모른다. 하지만 분명한 사실은 데뷔했을 때만큼의 흥분은 느끼지 못할 것이다. 첫 싹을 세상 밖으로 내밀 때가 절정이니까.

햇볕이
아깝잖아요
×
싹이 트는
기쁨

13.

'컴패니언 플랜트'의 세계

식물이 본래 가진 힘을 응원하고 스스로
성장시키는 수밖에 없다. 우리 '인생 밭'
도 자생의 힘을 믿어야 하는 것처럼.

베란다 재배에 관한 책을 팔랑팔랑 넘기다가 '컴패니언
플랜트(companion plant)'라는 단어를 발견했다. 사람의 마
음을 자극하는 울림을 느꼈다.

컴패니언 플랜트란 '함께 재배하면 궁합이 좋다'고
여겨지는 식물의 조합을 말한다. '공영 작물'이라고도 불

리는 것 같다. 한 땅에 혹은 가까이 심으면 서로 또는 한 쪽을 오래 살게 하거나 해충을 막을 수 있어 전통적으로 권장하던 재배법이라고 한다. 토마토와 바질, 풋콩과 가지, 딸기와 보리지, 꽈리고추와 차조기, 단호박과 파 정도가 가장 많이 권장되는 조합이다. 그중에서도 특히 유명한 것은 토마토와 바질이다. 토마토와 바질을 가까이 심으면 토마토가 더 맛있어진다고 한다. 작년에 알게 되어 토마토와 방울토마토 옆에 바질을 심어보았다. 맛있어지는 이유는 정확히 모르지만, '좋다더라'는 소문을 듣고 그냥 넘길 수는 없었다. 수확한 토마토는 나름대로 맛있었지만, 바질 덕분인 건지는 비교군이 없어서 판단할 수 없었다. 하지만 왠지 올해도 토마토를 키운다면 그 옆에 또 다시 바질을 심을 것 같다.

인터넷에서 컴패니언 플랜트를 검색하니 꽤 많은 기사가 떴다. 원예가나 농업 종사자는 대부분 알고 있는 상식인 것 같았다. 하지만 죄다 근거가 애매해서 뜬소문처럼 느껴지기만 했다. '이 조합이 왜 좋은지' 제대로 설명

해주는 사이트는 거의 찾지 못했다. 예를 들어 '딸기와 마늘의 조합이 좋다'는 글이 있는가 하면, '딸기와 마늘을 같이 심으면 서로 성장을 억제한다'는 글을 본 적도 있다. 제각기 하는 말이 다른 게 마치 점괘 같다. '처녀자리는 게자리와 궁합이 좋다'는 것만큼이나 근거 없는 이야기가 아닐까?

근거가 없어도 따라 한 이유는 설령 효과를 보지 못한다 해도 손해 볼 게 없었기 때문이다. 식물을 심기 시작하면 벌레 때문에 골치 아픈 경우가 많다. 벌레의 습격을 받으면 절박한 심정이 되어 뭐라도 해봐야 하지 않을까 싶은 마음이 든다.

베란다에서 초록색 알갱이가 가득 붙어 있는 줄기를 발견했을 때 온몸에 소름이 돋았다. 11층 우리 집까지 벌레가 들끓게 됐다는 건 공기 속에 벌레의 알이 떠다니는 건 아닌지, 그렇다면 숨 쉴 때마다 나도 모르게 벌레 알을 마구 삼키는 건 아닌지, 별의별 상상을 다 들었다. 진딧물이 다닥다닥 붙어 있는 식물과 그렇지 않은 것이 있다는 사실은 맛의 문제만이 아니라 성분의 차이일 거라

이해하면서도 팔에는 닭살이 돋는다.

벌레를 발견하면 작은 화분을 기울여 물을 세게 끼얹어서 쫓는다. 그래도 버티고 있는 것은 이쑤시개로 하나하나 제거한다. 너무 많이 붙어 있으면 다른 식물에 옮기지 않도록 통째로 버린다. 채소에는 어쩔 수 없이 친환경 성분으로 된 약을 뿌려본다. 숲에서는 벌레 역시 자연의 섭리일지 모르겠지만, 좁은 베란다에서 정성스레 가꾸는 꽃과 열매의 성장을 방해하는 것은 절대 나의 의도가 아니다. 배추흰나비 애벌레나 송충이를 발견하면 "으악" 하고 소리를 지르며 도망친다. 홈 가드닝 규모에서도 이렇게 애를 먹으니 커다란 밭에서 채소를 재배하는 농가의 제충 작업은 정말 힘든 노동임에 분명하다.

가드닝을 하는 많은 사람이 나와 같은 마음일 테지만, 모순되게도 되도록 농약을 쓰고 싶지는 않다. 내가 농약에 대한 전문적인 지식을 갖추었기 때문이라기보다 농약에 대해 막연히 품고 있는 부정적인 인식 때문이다. 매스컴에서 안전하다고 보증하는 농약도 많지만, '안전'이란 표현은 '현 시점에서는 인체에 미치는 영향이 확인되지 않았다'는 뜻일 뿐 미래에 어떤 악영향을 끼칠지 모를 일이다. 그렇다고 단호하게 농약을 반대하는 것은 아니다. 농약에 대해 제대로 알지도 못할뿐더러 농업인들의 노고를 모르고 하는 소리일 수 있기 때문이다.

다만 나는 생계의 목적으로 식물을 키우고 판매하는 게 아니라 개인적인 취미 생활로 직접 먹을 식물만 재배하는 거니까, 기왕 하는 거라면 생산의 효율성을 따지기보다는 무농약으로 도전해보고 싶다.

벌레 대신 식물이 쑥쑥 자라면 얼마나 좋을까. 더디게 자라는 식물이 훌쩍 커주었으면. 파종할 때마다 '얼른 수확해서 요리해 먹으면 정말 좋을 텐데', '꽃이 피면 꺾어다 식탁에 장식해야지' 등 지극히 내 기준에서 생각하게 된다. 하지만 실제로 그렇게 되기까지는 몇 개월 걸리는 것이 대부분이고, 그 사이 시들거나 '이상하게' 생긴 열매가 열리기도 한다. 가끔은 내가 모르는 존재가 식물에게 영향을 주어 잘 자라는 것과 잘 자라지 않는 것을 결정하는 게 아닐까 의심스러울 때도 있다. 나는 내 식물을 잘 자라게 하고 싶다. 약품을 쓰는 인공적인 방식이 아니라 식물 간의 조합으로 마법이 생기는 아름다운 방법을 쓰고 싶다. 그런 면에서 컴패니언 플랜트가 딱 들어맞았다.

컴패니언 플랜트를 기대하며 심은 작물 중에는 부추, 파도 있다. 원예 책에서도 두 식물은 해충을 쫓는다는 설명이 뒤따르는 걸 자주 볼 수 있다. 컴패니언 플랜트로서도 유능해서 여러 식물들의 파트너로 소개된다. 그래서 벌레가 꼬이지 않을 거라고 생각했다. 그래서 한동안 벌레를 쫓는 부추와 파를 소중하게 키웠다. 부추는 씨앗을 화분에 심었고, 파는 먹고 남은 뿌리 밑동을 플랜터에 심어 재배했다. 파는 눈 깜짝할 사이에 자랐다. 된장국에 넣고, 연두부 위에 뿌려 먹는 등 요긴하게 쓰였다. 계속 잘라내도 햇볕만 받으면 금세 자라났다. 하지만 어느 날 부추에 검은 알맹이들이 가득 붙어 있는 걸 발견했다. 아무리 봐도 진딧물이었다. 다른 식물에 잘 생기는 녹색 진딧물보다 더 징그럽게 느껴졌다. 냄새가 강해서 벌레들이 싫어할 줄 알았는데. 왠지 모를 배신감이 느껴져 벌레가 낀 부추를 통째로 쓰레기봉투에 버렸다. 애지중지하던 파 화분에까지 벌레가 옮겨가 그마저도 버렸다. 부추와 파만 노리는 검은 벌레가 있었던 것이다.

컴패니언 플랜트는 농업인들 사이에 옛부터 전해져 내려온 농사법이다. 많은 사람의 경험으로 쌓인 통계적 지식이 오늘날까지 이어진 것이다. 식물은 지역의 특성, 기후, 품종의 개별적인 특징 등 복잡한 이유가 얽혀 성장하므로 실험 삼아 컴패니언 플랜트를 몇 번 길러보고 완벽한 조합을 발견했다고 단언하기란 어려운 일이다.

시대를 초월해 많은 사람이 믿어온 것들은 할머니의 지혜와도 비슷하고, 종교와도 비슷하다고 생각한다. 세상의 모든 원리와 법칙을 나 혼자 터득할 수는 없다. 사람은 알지 못한 채로 다양한 선택을 하면서 살아야 한다. 그러니 누군가의 의견이나 오래된 지혜를 빌려야 한다. 이때 가장 중요한 것은 스스로의 선택을 책임지고, 혹여라도 나중에 남을 원망하지 않는 태도다.

한번은 결혼한 지 얼마 안 된 동갑내기 친구가 집에 놀러 왔다.

"엄마가 손주를 보고 싶다고 하시니까 엄마를 위해 아기를 낳아드리고 싶어. 나야 아직은 자유롭게 시간을 보내고 싶지만……."

친구는 이런 얘기만 두 시간 정도 늘어놓다가 돌아갔다. 오래되고 좋은 친구지만, 대화를 하면서 나는 불편함을 느꼈다. 아이를 갖는다는 건 그녀의 선택이니 존중하고 싶지만, 그게 엄마 때문이라는 이유에는 공감할 수 없었다. 맞고 틀리고의 문제가 아니라 엄마나 할머니의 가치관을 무조건 자기에게 연결 짓는 방식에 불편함을 느낀 것이다.

나는 지금까지 살면서 손윗세대의 말이나 타인의 의견을 전적으로 믿은 적이 한 번도 없다. 실수를 해도, 세상 사람들이 비난해도 상관없으니 나의 선택으로 인생을 살아가고 싶다. 하지만 '나의 생각'이라는 것도 많은 사람들로부터 영향을 받아 만들어진 것이므로 완벽한 나만의 것은 아닐 것이다. 그러나 누군가의 의견을 아무 생각 없이 받아들이면 자기혐오에 빠지게 된다. 남에게 영향을 받았다고 해도 능동적으로 내가 선택한 느낌이 들었으면 좋겠다. 물론 이런 생각이 반드시 옳다고 주장하는 것은 전혀 아니다.

다른 사람의 의견을 존중해서 선택하는 것도 당연히 좋은 방법이다. 단지 나중에 불평거리로 삼거나 핑곗거리로 삼지 않았으면 한다. '그 사람이 이렇게 말했으니까'라든가 '그 사람을 위해서 그런 건데' 같은 핑계는 하지 말자. 자기 스스로 그 사람의 의견을 선택하기로 결심했으니 말이다. 다수의 의견 중에 스스로 그걸 선택했다는 사실을 꼭 기억해야 한다.

컴패니언 플랜트도 마찬가지다. 혹시 효과가 없었다고 해도 '이 조합이 좋다'고 말한 사람이나 기사를 쓴 사람을 원망할 수는 없는 법이다. 이 의견을 선택하고 그대로 길러보자고 결심한 것은 나 자신이니까.

인터넷에서 관련 기사를 하나하나 읽다 보니 전부 근거가 없는 주장이라고 할 수도 없었다. 농학자 기지마

도시오의 저서 《농약에 의존하지 않는 홈 가드닝 컴패니언 플랜트(農薬に頼らない家庭菜園コンパニオンプランツ)》에는 '혼합재배의 과학적 근거'라는 내용이 실려 있다. 뿌리가 얕은 것과 깊은 것을 심으면 자리를 두고 싸우지 않는다. 태양 쪽으로 자라는 키 큰 식물 아래에는 그늘을 좋아하는 키 작은 식물을 심으면 궁합이 잘 맞는다. 필요로 하는 영양소가 겹치는 식물끼리는 함께 심지 않는다. 천적을 모으는 식물을 옆에 심어 해충의 피해를 막는다. 예를 들어 무당벌레를 불러들여 진딧물을 잡아먹게 하는 식이다. 수분을 촉진하기 위해 꿀벌이 좋아하는 식물을 옆에 심는다. 여름 잡초를 가을까지 뽑지 않고 그대로 두면 겨울에 나는 잡초를 억제한다. 충분히 납득할 만한 것들이다.

실행에 옮기는 것은 어디까지나 스스로 결정할 문제다. 그렇다고 엄청난 효과를 기대하는 것도 금물이다. 컴패니언 플랜트에 의해 가드닝이 잘될 가능성이 커진다고 해도 결국은 부지런한 보살핌과 작은 노력이 쌓여야 제대로 된 효과를 볼 수 있다.

그리고 식물이 본래 가진 힘을 응원하고 스스로 성장시키는 수밖에 없다. 우리 '인생 밭'도 자생의 힘을 믿어야 하는 것처럼.

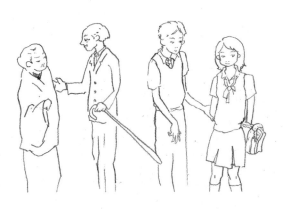

내 짝과 오래 행복할 수 있는 방법은 무엇일까?

햇볕이
아깝잖아요

컴패니언
플랜트의
세계

14.
녹색 커튼

> 혼자 힘으로는 서지도 못해서 지지대에
> 의존할 수밖에 없는 주제에 당당하다. 뻔
> 뻔하게 남의 힘에 의존해서 위로, 위로 뻗
> 어나간다. 어쩐지 나는 그 뻔뻔함이 좋다.

녹색 커튼의 존재를 알게 된 것은 5, 6년 전이었다. 한 만
화 잡지를 휘리릭 넘기는데, 더운 여름날 대머리 아저씨
가 툇마루에서 일을 하는 장면이 나왔다. 사다리를 이용
해 지붕에 그물을 매달아 나팔꽃 덩굴이 자랄 자리를 만
들고 있었다. 작가 이름이나 제목은커녕 스토리도 가물

가물하지만, 그것을 '녹색 커튼'이라고 불렀던 것만은 뇌리에 선명하게 남았다. 마지막 장면에서는 녹색 그늘이 드리워진 툇마루에서 시원한 맥주를 마셨다.

맥주 탓이었는지 '녹색 그늘' 때문이었는지 모르겠지만, 언젠간 나도 그런 녹색 커튼을 만들어보고 싶다는 마음이 들었다. 하지만 우리 집에는 툇마루도 없어서 단독주택에 살지 않는 한, 요원한 꿈처럼 느껴졌다. 할머니가 되면 가능할까.

볕이 유난히 잘 드는 집에서 여름을 나는 일은 정말 고역이다. 더위에 약한 편이어서 에어컨이 없는 곳은 지옥이나 다름없다. 자연의 온도에 맞춰 생활하는 편이 건강에 좋다고 하지만, 더워서 온종일 안절부절못하는 것보다 에어컨을 쐬는 편이 낫다.

2011년 3월 11일, 동일본대지진 이후 많은 것이 바뀌었다. 신문에는 매일같이 쓰나미로 피해를 본 사람들의 사진이 실리고 피해 상황이 보도되었다. 주변 지인들로부터 "할머니가 돌아가셨어요", "부모님 댁이 물에 잠

겼어요", "원자력발전소 사고에 관한 소문 때문에 피해를 봐서 힘든가 봐요"와 같은 이야기들을 전해 들었다. 그런 고통을 함께 겪지 않은 나는 괴로웠다. 지진 이후 정상적으로 생활하는 것 자체가 부끄러워졌다.

도쿄에서는 '절전'이 주요한 이슈가 되었다. 나는 그 전까지 전기 요금만 잘 내면 그만이라고 생각했다. 내가 쓰는 에너지가 어떻게 만들어지고 어디서 오는지는 관심조차 두지 않았다. 이런 무심한 태도에도 변화가 필요했다. 나는 반성하는 마음으로 최대한 전기를 쓰지 않고 생활해보기로 결심했다.

신문에서 절전에 대한 특집 기사를 발견할 때마다 스크랩하고, 냄비에 밥을 짓고, 사용하지 않는 콘센트는 뽑아두었다. 절전 생활을 시작할 무렵은 제법 추웠던 터라 '어떻게든 이 시기에만 난방을 사용하지 말고 버텨보자'는 생각으로 지냈다. 원래 추위에 강한 편이어서 등산복을 입고 발밑에 뜨거운 물주머니를 두고 볕이 잘 드는 창가에서 일을 하면 그다지 춥지 않았다. 그렇게 한 달 정도 지나자 따뜻한 계절이 돌아왔기 때문에 난방은 의

식조차 하지 않게 되었다.

지금까지 나름대로 열심히 노력했는데 이대로 끝낼 수는 없어……. 이런 고민을 하던 초여름, 〈녹색 커튼 만들기〉라는 신문 기사를 발견했다. 종류에 상관없이 덩굴성 식물로 창을 가리면 한낮의 땡볕을 차단하고 실내 온도의 상승까지 막아주니 절전에 좋다는 내용이었다. 기사에서 중점적으로 소개한 식물은 여주였다. 여주는 나팔꽃처럼 잎의 색이 선명할 뿐만 아니라 먹을 수도 있다. 꽃집에서 여주 모종을 세 개 사 와서 키우기 시작했다. 나팔꽃 씨앗도 플랜터에 뿌렸다. 거실과 작업실에 각각 새시 창이 있어서 거실에는 여주, 작업실에는 나팔꽃을 키우기로 했다.

여주와 나팔꽃은 무럭무럭 자랐다. 둘 다 자기 힘으로는 설 수 없다. 꼿꼿한 뭔가에 기대려고 한다. 우선 짧은 지지대를 꽂아주었다. 차이점이라면 여주가 손을 뻗으려 하면서 한 발 한 발 자라나는 것에 비해, 나팔꽃은 몸 전체로 감아가며 뱀처럼 올라간다. 여주는 나선형의 짧은 손을 차례차례 뻗는다. '스프링 같아서 귀엽다'고 생각하는 것도 잠깐, 다음 날에는 단단하게 봉을 휘감는다. 바람에 대롱대롱 흔들리며 지지할 곳을 찾다가 지지대를 만나면 휘리릭 감아 떨어지지 않는 거겠지. 그리고 또 다시 새로운 손을 뻗는다. 손만 뻗어 감을 뿐 몸은 꼿꼿하다. 그에 반해 나팔꽃은 줄기를 계속 뻗어 몸 전체를 지지대에 돌돌 감으면서 하늘을 바라본다.

둘 다 눈 깜짝할 사이에 지지대보다 키가 훌쩍 자라버렸다. 이제 그물을 쳐야 했다. 팔짱을 끼고 고민에 빠졌다. 어떻게든 되겠지 하는 마음으로 일단 저지르긴 했는데, 창 위에 그물을 치려면 어떻게 해야 좋을까. 단독주택은 지붕에 그물을 걸면 되고, 내 소유의 아파트라면 못을 박거나 손잡이를 달 수 있지만, 셋집에서는 방법이 없다. 까치발을 들고 손을 뻗어 섀시 창 위를 확인했다. 매끈한 벽만 있을 뿐 그물을 걸 수 있을 만한 데가 전혀 없었다.

근처 마트에 가서 눈에 불을 켜고 이리저리 헤맸다. 스티커로 부착할 수 있어 '자국이 남지 않는다'는 고리를 발견했다. 원래는 가방을 거는 용도의 고리라서, 2kg의

무게를 견딜 수 있다고 했다. 단단히 부착할 수 있는 제품은 집을 망가뜨리니 일단 이걸 쓸 수밖에 없다. 고리를 열 개 정도 사 와서 창틀 위의 벽에 붙였다. 녹색 나일론 그물을 늘어뜨리면 완성이다. 여주도 나팔꽃도 다음 날부터 그물에 얽히기 시작했다.

　매일 산책을 한다. 점심시간이 지나면 집에서 나와 근처 공원을 한 바퀴 돌고 난 뒤 역 앞을 걷고, 서점을 들여다보고, 상점가를 왕복한다. 계속 집에만 있으면 머리가 과열되고 운동 부족이 된다. 인간도 식물과 마찬가지로 햇볕을 쬐어주지 않으면 건강에 좋지 않다고 한다. 커다란 모자를 뒤집어 쓰고 벌레 퇴치 수프레이를 팔다리에 뿌리고 씩씩하게 집을 나선다. 걷다 보면 동네 여기저기에서 녹색 커튼을 발견한다. 그해에는 주택, 카페, 국수집, 백화점, 서점, 중고 옷가게에서 녹색 커튼을 키웠다.

　'어디든 있구나.'

　내가 키우고 있으니 눈에 들어온다는 사실을 깨닫는

다. 그리고 내가 그렇게 생각하니 분명히 다른 이들도 그렇겠지 하는 생각이 든다.

'면죄부인가……'

원자력발전소에서 사고가 발생한 후 일본 사회가 직면한 가장 중요한 현안은 전기다. 하지만 절전을 결심해도 완벽하게 '절전'이 가능한 사람은 없다. 일과 생활에 타협하다 보면 '이렇게 해야 한다'고 생각하는 절전 수준에는 좀처럼 도달할 수가 없다. 사실 나에게 뭐라고 할 사람도 없는데 그 무렵에는 가능한 숨죽이며 살자는 심정이었다.

상점가에 늘어선 가게의 대부분은 '절전 영업 중'이라고 적은 종이를 붙여두었다. 일을 하고 싶어도 할 수 없는 사람이 있는데 뻔뻔하게 돈을 번다는 미안한 마음에 그랬겠지. 나 역시 그렇다. 나도 '절전 생활 중'이었다. 그렇게 납득하고 싶어서 녹색 커튼을 만들었으니까.

그러던 시기에 구민회관에서 가마나카 히토미(다큐멘터리 감독. 1958~) 감독의 〈잿더미에서 본 희망〉이라는 다큐멘터리 영화를 봤다. 점점 인구가 줄어드는 야마구치현의 '이와이시마'라는 섬 근처에 원자력발전소 건설 예정지가 있다. 카메라는 그 계획에 반대하는 섬사람들을 쫓는다. 30년 가까이 매주 월요일마다 하는 시위행진, 주민들 각각의 사정, 섬에 돌아온 유일한 젊은이, 풍요로운 바다, 섬 주민들의 생활을 비춘다. 그리고 지방정부가 왜 이곳에 원자력발전소를 설치하고자 하는지 그 이유도 설명한다.

영화 중반, 무대는 스웨덴으로 바뀐다. 스웨덴은 '탈(脫) 원자력발전소'를 국민투표로 정했다고 한다. 전력 공급이 민영화되어 어떤 회사의 전기를 쓸지 직접 선택할 수 있다. 수력, 풍력, 화력, 심지어 쓰레기로 전기를 만드는 회사도 있다고 한다. 어느 마을에서는 마을 사람들끼리 돈을 걷어 풍력발전소를 짓고 전력을 자급자족하기 시작했다. 카메라는 다시 이와이시마로 돌아온다. 그리고 '지속가능한 사회'를 위해 어떤 노력을 기울여야 하는

지 자문한다.

　지진이 일어나기 전부터 경고했던 사람들은 많았다. 하지만 나는 전력을 스스로 선택할 수 있다는 발상조차 해본 적이 없다. 주어진 것을 돈과 교환하면 된다고 생각했다. 지금부터라도 뭔가 해야 한다는 생각에 초조해졌다.

　하지만 작가인 내가 환경운동가처럼 행동할 수는 없다. 그렇다고 원자력발전에 대한 소설을 쓸 수 있을까? 제2차 세계대전 당시에도 '반전(反戰)' 같은 말을 직접적으로 드러내지 않고 당대의 풍속을 잔잔하게 그려낸《세설》이라는 소설을 쓴 다니자키 준이치로(작가. 1886~1965)를 동경하는 나로서는 엄두가 나지 않는 일이었다.

　일상생활에서라도 부지런히 알아보고 최선을 다해 실천하면 된다. 그래서 생활을 크게 변화시키지 않고, 조금씩 지식을 얻으며 일상에서 할 수 있는 작은 일들을 실천하면서 지내기로 했다. 녹색 커튼은 무럭무럭 자랐다. 강풍이 불 때면 고리가 떨어져 몇 번이나 다시 붙이기는 했지만, 대체로 순조롭게 자랐다. 제법 '커튼' 같은 모양새가 되어 창문을 뒤덮었다. 실내가 조금씩 시원해지는 것 같긴 하지만, 작년의 온도를 재놓지 않았기 때문에 효과는 알 수 없다. 못 견디게 더운 날은 에어컨을 틀었다.

나팔꽃은 아름답게 피었다. 아침에 보면 커다랗고 둥근 파란 꽃이 여기저기 피어 있다. 오후가 되면 오므라드는 못난 모습 또한 운치 있다.

여주는 여물어서 갈라졌다. 열매가 열리기는 했지만 5cm 정도로 작았는데, 갑자기 노랗게 변하더니 마지막에는 오렌지색이 되어 빵 터지면서 새빨간 씨앗이 튀어나왔다. 슈퍼마켓에서 본 여주는 20cm 정도 크기였는데, 너무 작아 먹을 수 없었다. 여주는 가격이 저렴해서 사는 데 저항감이 없다. 슈퍼마켓에서 자주 구매해 볶음국수를 만들어 먹으면서 여름을 보냈다. 우리 집에서 난 열매를 먹을 수 없어서 아쉽기는 했지만, 여주의 아름다움을 즐기는 것만으로도 충분했다.

이듬해에도 녹색 커튼을 만들었다. 개량된 점은 나일론 재질의 녹색 그물이 아닌 노끈으로 짠 갈색 그물로 바꿨다는 사실이다. 줄기나 이파리의 녹색이 더 예쁘게 보여서다. 여주 플랜터도 큰 용량으로 바꿨다. 지난해에 열매가 작았던 것은 뿌리가 뻗지 못한 탓이 아닐까 생각했기 때문이다. 그랬더니 역시 열매가 크게 자랐다. 첫 열매는 15cm쯤 되었을 때 수확해 볶음 국수를 만들어 먹었다. 하지만 다음 열매는 상태가 나빠져 또다시 펑 터져버렸다. 인터넷으로 검색해보니 벌레가 적은 고층 아파트에서는 인공 가루받이를 하는 것이 좋다고 한다. 그래서 수꽃을 꺾어 꽃잎을 떼어내고 암꽃의 암술에 수술을 조금씩 묻히는 작업을 몇 번 시도해보았다. 가루받이에 성공했는지 열매를 세 개 정도 수확할 수 있었다.

올해도 나팔꽃과 여주를 키운다. 제법 커튼 모양으로 자랐다. 원하는 모양대로 커튼을 만들고 싶어서 줄기를 옆으로 뻗게 유인한다거나, 아래쪽에 숭숭 틈이 나 있는 게 좋아서 아래쪽으로 줄기를 뻗게 하려고 꼬아보았다. 하지만 줄기는 하늘에 닿을 듯이 자라났다. 아무리 아래로 자라게 하려고 해도 어떻게든 위로 뻗었다.

혼자 힘으로는 서지도 못해서 지지대에 의존할 수밖에 없는 주제에 당당하다. 막대기와 그물이 없으면 땅을

길 수밖에 없었을 텐데, 그 사실을 전혀 부끄러워하지도 않는 것 같다. 뻔뻔하게 남의 힘에 의존해서 위로, 위로 뻗어나간다. 어쩐지 나는 그 뻔뻔함이 좋다.

동일본대지진 이후 생활하는 것이 부끄러워졌다. 하지만 작가인 내가 환경운동가처럼 행동할 수는 없다. 일상 속에서 할 수 있는 작은 일들을 실천하면서 지내기로 했다. 나는 '절전 생활 중'이었다.

녹색 커튼 • 아깝잖아요 햇볕이

15.

내가 편애하는 장미

인간은 먹고사는 게 전부는 아니다. 쓸데
없는 데 돈을 쓰는 존재야말로 인간이다.

베란다에는 둥근 은색 테이블이 있다. 그 테이블에서 아
침밥을 먹고, 차를 마시고, 책을 읽고, 일을 한다. 그 옆
에는 장미가 피어 있다. 베란다는 섀시 창을 사이에 두고
작업실과 이어져 있기 때문에 작업실 책상에 앉아 있어
도 창 너머로 장미가 보이지만, 베란다에서 보는 장미가

햇별이 × 아깝잖아요 내가 편애하는 장미

더 좋다. 장미는 5월부터 10월쯤까지 계속 핀다.

작년 5월에 네 그루의 장미 모종을 구입했다.

'하고로모'는 덩굴장미로 작은 연분홍 꽃이 핀다. '세이카'는 사계절 피는 장미나무로 꽃송이 크기가 중간 정도. 꽃들이 무리지어 피며 뾰족한 파란 꽃이 핀다. '로테로제'는 사계절 피고, 꽃송이가 크다. 심홍색의 벨벳 같은 꽃잎이 커다랗게 피는, 그야말로 '장미'다. '센티폴리아 불라타'는 둥근 꽃잎이 얌전히 모인 장미로 옛날 화가들이 유화에 많이 그렸던 꽃이다. 장미는 품종 개량으로 인해 굉장히 다양한 품종이 있다.

인터넷으로 주문하니 키가 15cm 정도인 모종이 도착했다. 봉오리도 몇 개 달려 있었다. 바로 백화점 원예 코너에 가서 적당한 깊이의 돌 화분을 사 왔다. 채소 플랜터는 수퍼마켓에서 산 저렴한 재활용 플라스틱 제품을 쓰지만, 장미는 돈을 들여 그럴듯하게 키우고 싶다. 흙도 비료도 장미 전용으로 비싼 것을 준비했다.

몇 년 전에도 장미 화분을 들인 적이 있다. 하지만 시즌이 지나고 산 것이라 꽃 한 송이 피우지 못하고 시들어버렸다. 그런 괴로운 경험은 두 번 다시는 맛보고 싶지 않다. 장미가 손이 많이 가는 꽃이라는 사실도 그때 알게 되었다. 물을 신경 써서 줘야 하고 비료도 많이 먹는다. 벌레가 없는지도 부지런히 살펴야 한다.

흙에 두 가지 비료를 섞어 푹신푹신하게 화분에 채운다. 농약을 싫어하지만, 장미용 흙에는 살충제도 조금 섞었다. 그리고 분갈이를 한다.

드디어 꽃이 피기 시작한다. 장미만 바라보고 있어도 시간 가는 줄 모른다. 네 가지 다른 종류의 장미를 심어 개성을 즐긴다.

장미는 꽃이 피면 곧 잘라내야 한다. 꽃을 피울 때 상당한 힘이 필요하기 때문이다. 그대로 두면 에너지를 소모해버려 다른 꽃을 피우지 못한다. 꽃이 완전히 피기 전에 5매엽 윗부분을 가위로 자른다. 5매엽이란 잎이 다섯 장 나 있는 걸 말하는데, 5매엽 위에 3매엽이 돋아나고, 그 위에 꽃봉오리가 핀다고 한다. 기껏 열심히 피워낸 꽃인데 그냥 잘라버리는 게 마음이 아프지만, 어쩔 수 없는

햇볕이 아깝잖아요 × 내가 편애하는 장미

일이다. 꽃이 피자마자 미련 없이 자른다. 단, 잎을 없애면 광합성이 힘들어지므로 5매엽 부분을 꼭 남겨야 한다.

잘라낸 장미를 가느다란 꽃병에 꽂는다. 한 송이만 꽂아도 장미만큼 태가 나는 꽃이 없다. 5매엽 위로 잘라낸 것은 길이가 짧아서 작은 꽃병이 어울린다. 내가 '아틀리에'라고 부르는 작업실에는 기치조지의 잡화점에서 사온 꽃병을 두었다. 점원은 '유리관으로 된 자동차 부품'을 재활용한 꽃병이라고 했다. 그는 유리관을 반으로 잘라 철공소에 가서 '여기에 맞춰 받침을 하나 만들어달라'고 부탁한 뒤 그 받침에 유리관을 끼운 것이라고 설명했다. 오래된 맨션과 차가운 삼목 가구에 어울리는 소박한 꽃병이다.

주방 테이블에는 로마에서 간신히 데려온 꽃병을 놓았다. 샴페인 글라스 모양의 예쁜 꽃병이었다. '로마에 있는 동안 호텔 방에 꽃병을 두고 꽃을 꽂으면 근사할 거야'라는 생각에 부랴부랴 꽃집을 찾았다. 잡지 〈피가로 재팬〉의 로마 특집에 소개된 꽃집이었다. 잘생긴 꽃집 직원에게 서툰 영어로 손짓 발짓을 섞어가며 "꽃병 하나랑 거베라 한 송이 주세요" 하고 부탁하자, "죄송하지만 꽃병은 두 개씩 세트로만 판매합니다"라는 대답이 돌아왔다. 가격은 둘째 치고 유리 제품이라 비행기 안에서 깨지지 않을지 걱정됐다. "두 개는 좀……" 하고 머뭇거렸지만, 꽃집 직원은 그저 웃기만 할 뿐.

'그래도 여기까지 왔으니 사야겠다!'

호텔 방에 돌아가 꽃병에 거베라를 꽂아두고 '마치 영화 같아'라며 한껏 기쁨에 취했다. 하지만 아니나 다를까 돌아오는 비행기 안에서는 꽤나 고생스러웠다.

공항에서 돌아오는 버스가 흔들릴 때마다 마음이 조마조마했다. 집에 도착해서 포장을 열어보니 무사해서 안심했지만, 몇 달 뒤 갑자기 쓰러져 쨍그랑 깨졌다. 로마에서 한 쌍으로 사 온 꽃병도 이제는 외톨이다.

기념일이나 가볍게 축하할 일이 있을 때 베란다에서 장미 한 송이를 구할 수 있어 좋다. 남편은 무슨 일이 있을 때마다 역에 있는 꽃집에서 장미를 한 송이 사다준다. 나의 꾸준한 잔소리 덕분이다. 꽃을 받으면 기분이 좋아

햇볕이 × 아깝잖아요 내가 편애하는 장미

지니까 무슨 일이 있을 때는 꽃을 사달라고. 남편뿐만 아니라 친구에게도 말을 해두었다. 일로 만난 사람에게서도 꽃다발을 받으면 무척 기쁘다. 비싼 꽃다발이 아니라 한 송이뿐이라도.

처음에는 같이 꽃집에 가서 저 꽃 한 송이, 하고 가리켰다. 남편은 꽃에 관심이 없고 꽃집에 간 적도 없는 사람이라 직접 꽃을 사는 건 어려울 것 같았다. 어떤 꽃을 받고 싶은지 확실히 알려주는 게 현명한 방법이었다. 남편이 한 걸음씩 꽃집에 가까워지길 바랐다. 어버이날에도 함께 꽃집에 가서 "어머님의 분위기와 맞는 꽃을 하나 고른다면 무슨 꽃일까?" 묻거나, "이 꽃을 넣어 2만 원 정도의 꽃다발을 만들어달라고 하면 어떨까?" 또 물었다. 이런 일이 되풀이되는 동안 남편은 꽃을 사는 데 익숙해졌다.

나도 남에게 꽃을 선물하는 걸 좋아한다. 남편에게 축하할 일이 생겼을 때, 친구의 생일에 꽃을 준비한다. 친구가 좋아한다고 말했던 꽃, 친구의 분위기에 어울리는 꽃을 골라 점원에게 부탁해 꽃다발을 만든다. 때로는

'이 꽃도 넣어주세요. 아, 저 꽃도요' 하면서 한 송이 한 송이, 마음 가는 대로 고를 때도 있다.

꽃다발이 완성되면 마냥 행복하다. 금세 종잇장처럼 시들어버리는 덧없는 아름다움도 꽃의 매력이다. 나야 베란다 가드닝을 하고 있으니 꽃다발이 아니라 화분으로 받아도 좋겠지만, 다른 사람들은 그렇지 않겠지. 화분보다는 뒷정리가 간단한 꽃다발을 좋아할 것 같다. 게다가 계속 보관해야 하는 게 아니니까 선물로 주기도 부담스럽지 않다. 가끔은 나를 위해 비싸지 않은 꽃다발을 사는 것도 좋다.

중학생일 때 다치하라 에리카(작가. 1937~)의 《나랑 춤춰요 하얀 곰(わたしとおどってよ 白くまさん)》이라는 동화집을 읽었다. 그 책에 실린 〈달의 사막(月の砂漠)〉이라는 작품에는 가난한 부부가 나온다. 아내가 꽃을 사서 집에 오자

장미 내가 편애하는 × 아깝잖아요 햇볕이

남편은 '이런 걸 살 돈이 있으면 빵이나 더 사 오지'라고 타박한다. 하지만 아내는 빵 하나를 먹지 않아도 식탁에 꽃이 있는 것이 훨씬 좋다고 생각한다. 결국 부부 사이에는 거리감이 생겨버렸다. 이 대목을 읽으며 나는 그만 아득해지고 말았다. 그리곤 결심했다. '나중에 돈이 부족한 생활을 하게 되어도 꽃을 사는 사람이 되어야지.'

꽃은 살고 죽는 문제와 관계가 없다. 생필품도 아니다. 사실 꽃에 큰돈을 쓰는 사람을 보면 '사치스럽게 산다'는 생각도 든다. 장미의 품종 개량도 유럽 귀족들이 국민의 피 같은 세금을 쏟아부은 결과이니 어떻게 보면 참으로 지독한 얘기다. 하지만 인간은 먹고사는 게 전부가 아니다. 쓸데없는 데 돈을 쓰는 존재야말로 인간이다.

베란다에는 네 개의 화분 말고 지진을 겪고도 살아남은 덩굴장미도 있다. 상점가의 꽃집 세일 때 샀는데, 완전히 시든 것 같다가도 몇 번이나 되살아났다. 화분 위에 있는 아치를 따라 잘 자란다. 올해 5월에도 꽃이 피었다. 3cm 남짓한 작은 핑크색 꽃이다. 세 송이 정도 꺾어 내가 좋아하는 도자기 꽃병에 꽂는다. 쓰루카와에 있는 시라스 마사코(수필가. 1910~1998)와 시라스 지로(실업가. 1902~1985)의 집이 '부아이소(武相莊)'라는 이름으로 공개되어 놀러갔다. 그곳 카페에서 카레를 먹는데 깍지를 벗기지 않은 땅콩만 한 크기의 작은 꽃병이 시선을 사로잡았다. 꽃병에는 들꽃이 세 종류 꽂혀 있었다. 귀여워서 식사 내내 쳐다보다가 마침 갤러리 숍에서 팔기에 얼른 구입했다. 지금까지도 받침을 세트로 사지 않은 걸 두고두고 후회하고 있다. 이 꽃병은 받침이 없으면 물을 줄 수가 없어 하는 수 없이 간장 종지 위에 꽃병을 올려두었다. 손으로 만든 울퉁불퉁한 모양의 꽃병인데 매끈한 종지와 함께 있으니 아무래도 그 맛이 살지 않는다.

세련된 취향을 가졌던 시라스 마사코는 등잔 받침대에 국수 장국 그릇을 얹어 꽃을 꽂고, 현관에 무심히 놓아둔 고가의 항아리에도 꽃을 꽂아두었다고 한다. '꽃은 꽃병에 꽂는 것'이라는 고정관념이 부끄러워졌다.

베란다에 놓아둔 은색 테이블에서는 화분에 심긴 장미꽃을 볼 수 있으니 꽃병은 필요 없다. 왼쪽으로 바깥

장미 내가 편애하는 × 햇볕이 아깝잖아요

풍경을, 오른쪽으로 장미를 바라보고 있으면 슬며시 웃음이 난다. '인간관계가 넓지 않지만, 나에게는 풍경과 장미가 있지' 하는 느낌이다.

우쭐하는 사이, 장미에 백분병이 생겼다. 백분병이 뭔지 정확히 몰랐는데, 들은 적이 있어서 잎을 보자마자 '이게 백분병이구나' 하고 알아차렸다. 밀가루처럼 하얀 가루가 덮여 있었기 때문이다. 흰 가루가 덮인 몇몇 부분을 가위로 잘라냈다. 하지만 아무래도 욕실의 곰팡이와 비슷해 보였다. 잎사귀에 꼭 곰팡이가 핀 느낌이랄까. 확실하지 않았지만, 그냥 칫솔로 가루를 쓸어보았다. 이대로 방치하면 점점 퍼질 것 같고, 그렇다고 다 잘라내서 벌거숭이를 만들 수는 없었다. 욕실의 타일을 청소하듯 싹싹 쓸어주고 물로 씻어냈다. 그리고 물에 홀랑 젖은 화분들을 서로 적당히 떨어뜨려 바람이 잘 통하도록 했다. 베란다가 좁아 테이블까지 가려면 화분들을 이리저리 피해 다녀야 했지만 어쩔 수 없었다. 장미는 다행히도 차츰 나아갔다.

장미는 손이 많이 간다는 얘기를 하다 보니, 생텍쥐페리의 《어린 왕자》가 생각난다. 손이 갈수록 애정이 깊어져, 다른 많은 꽃과는 다른 단 하나의 꽃이 된 이야기. 중학생 때 이 책을 처음 읽고 왕자와 여우의 우정에는 큰 감동을 받았지만, 장미 부분에는 공감할 수 없었다. 아무리 읽어도 나에게는 장미가 여성을 의미하는 것처럼 읽혔다. '(여자는) 아름답고 자존심이 세니까 지켜줘야 한다. 그리고 지켜줄수록 애정이 솟아난다'는 이야기. 남성이 '여자를 지켜줘야 한다'는 표현이 마음에 들지 않았다.

마침 남편과 하코네 여행 계획을 짜면서 '어린 왕자 뮤지엄'에도 들러보기로 했기 때문에 오랜만에 《어린 왕자》를 다시 읽어보았다. 이번에는 썩 나쁘지 않았다. 성별을 떠나 '내가 어린 왕자라면 고집 센 상대를 어떻게 대했을까' 상상하며 읽으니 와닿는 부분이 있었다.

익히 알려진 것처럼 장미는 생텍쥐페리가 자신의 아내를 모델로 삼았다고 한다. 그의 아내인 콘수엘로도 예술가 기질의 변덕스러운 사람이었다고 하는데, 전 남편의 상이 끝나지 않아 생텍쥐페리와 재혼할 때 상복을 입었다는 일화가 있다. 역시 자기주장이 강한 여자다. 몇 년 뒤에는 각자 애인이 생겨 같은 아파트 1층과 2층에서 별거하며 서로의 자유를 존중하는 생활을 했다. 기묘한 결혼 생활이었지만, 애정만큼은 깊었던 모양이다. 생텍쥐페리가 행방불명된 뒤 콘수엘로는 《장미의 기억(Memoire de rose)》이라는 책을 출간했다. 나는 자기 자신을 장미에 빗댄 것에 놀라워하면서도 '보호받아야 한다'고 생각한 장미가 사실은 굉장히 강인한 꽃이라는 걸 알게 되서 기쁘기도 했다.

생텍쥐페리의 시신을 아직도 찾지 못했다는데 여전히 비행기를 타고 어딘가를 날아다니고 있을까.

요즘은 여행을 갈 때 납작하게 접히는 작은 비닐 꽃병을 여행 가방에 싣고 비행기에 오른다. 나는 여전히 여행지에서 산 꽃을 호텔방에 장식하고 싶으니까.

인간관계가 넓지 않지만, 나에게는 풍경
과 장미가 있다.

햇볕이
아깝잖아요
×
내가 편애하는
장미

16.

다시, 버섯의 계절

후지산을 오르던 중, 작은 바구니에 버섯을 가득 담아 내려오는 노부부와 스쳐 지나갔다. 그 모습이 마냥 좋았다. 나는 상상했다. 어느 가을날, 할머니가 된 나와 할아버지가 된 남편이 바구니를 들고 버섯 캐러 가는 모습을.

베란다의 한창때는 지나갔다. 녹색 커튼도 임무를 다하고 그물망 채로 분리수거되었다. 여름 내내 채소도 꽃도 날마다 쑥쑥 자랐지만, 지금은 성장이 멈추고 시드는 것들이 나오기 시작했다. 가을이 되니 더울 때는 잎만 무성했던 장미가 다시 꽃을 피우기 시작한다. 그것만큼은 즐겁다. 베란다 테이블에 앉아 느긋이 바라보고 싶은 마음이 솟아났지만, 번번이 태풍이 불어 날씨가 추워지기 시작했다. 테이블에 앉을 마음이 들지 않아서 장미를 꺾어다 꽃병에 꽂아 식탁 위에 장식해두었다.

토마토와 여주도 수확이 끝나 이제 채소는 슈퍼마켓에서 산다. 슈퍼마켓 입구에는 버섯이 한창 얼굴을 내밀고 있다. 팽이, 느타리, 황금송이, 표고, 잎새버섯, 송이, 새송이……. 모두 다 정말 맛있을 것 같다.

중학생 때 봤던 한 TV 프로그램에서 '마쓰오 바쇼(하이쿠 작가. 1644~1694)는 깊숙한 오솔길을 여행하던 도중 버섯을 과식해서 죽었다는 설이 있다'고 소개했다. 독버섯을 먹은 게 아니고 '버섯을 과식해서 죽었다'고 했다. 마쓰오 바쇼는 원래 버섯을 무척 좋아했는데, 초대받았던 저녁 식사 자리에서 버섯이 너무 맛있던 나머지 나이가 들어 소화력이 약해졌음에도 계속 먹는 바람에 그렇게 되었다는 것이었다. 독버섯을 잘못 먹었다면 이해가 가지만, 죽을 정도로 버섯을 많이 먹었다는 건 너무 심하지 않나 생각했다. '초밥이나 튀김 같은 음식을 배부를 때까지 먹

었다면 이해가 가지만 버섯이 뭐라고. 별로 맛도 없잖아.'
열다섯 살이었던 나는 그렇게 생각했다. 너무 이상한 이
야기라고 생각했기 때문에 아직도 머릿속에 남아 있다.
물론 20년쯤 지난 기억이라 정확하지는 않다.

　　그러나 서른을 넘기자 입맛이 완전히 바뀌었다. 젊을
때는 그라탱이니 스튜 같은 것들이 맛있었고 단것도 잘
먹었다. 이제는 그라탱 같은 화이트 소스 메뉴를 거의 먹
지 않게 되었다. 단 음식도 다른 사람과 함께 먹을 때 조
금 거드는 정도이고, 혼자서는 굳이 찾지 않는다. 케이크
같은 디저트도 전혀 먹지 않는다. 간혹 선물로 쿠키를 받
으면 전부 남편에게 준다.

　　전에는 맛없는 편이라고 여겼던 우엉이나 파, 양하,
산나물, 버섯이 가장 좋아하는 재료가 되었다. 슈퍼마켓
에서 버섯을 발견하면 나도 모르게 장바구니에 담는다.
마쓰오 바쇼처럼 먹다가 죽어도 좋은 것까지는 아니지
만, 배부르게 먹고 싶다.

　　버섯을 종류별로 하나씩 사서 버섯밥, 버섯 버터구

다시,
버섯의
계절

햇볕이
아깝잖아요

이, 버섯 된장국, 버섯 볶음밥, 버섯 페페론치노 파스타, 버섯 나폴리탄 파스타, 버섯 수프, 버섯 구이 등을 만들었다. 정말 맛있었다. 씹는 맛도 고소함도 종류에 따라 조금씩 달라서, 몇 종류의 버섯을 모아 조리하면 더욱더 맛있다.

맛뿐만 아니라 버섯의 생김새도 좋다. 좀 벌레처럼 생겼다고 할까, 요즘 말로 하면 '기분 나쁜 귀여움'이랄까.

우리 집 베란다에서도 버섯이 자란 적이 있다. 2년 전 어느 날 드래곤프루트 화분에 정체 모를 버섯이 갑자기 자라났다. 모양만 보면 완전히 황금송이였다. 먹어도 괜찮지 않을까 잠깐 생각했지만, '식용 버섯과 구분이 되지 않는 독버섯이 있으니 전문가의 도움 없이 아무 버섯이나 먹으면 안 된다'는 말을 들은 적이 있어 그만뒀다.

옛날 만화에는 자주 청소하지 않는 집에 버섯이 잘 자란다는 내용이 곧잘 등장했다. 하지만 결코 우리 집 베란다가 더러운 것은 아니다. 어디선가 포자가 날아와 우연히 흙 위에 내려앉았을 뿐이다. 그 자체로는 무척 신기한 일이었지만, 11층 베란다까지 날아온 버섯이라니 당최 영문 모를 일이라 그냥 뽑아버렸다.

그런데 분명히 아침에 뽑아서 버린 버섯이 저녁에 똑같은 모양으로 다시 돋아났다. 어떻게 된 일이지. 포자만 있으면 반나절 만에 버섯으로 자라나 다시 버섯에서 포자가 떨어지는 것일까.

그때부터 버섯과의 전쟁이 시작되었다. 버섯은 무섭게 자라났다. 아침저녁으로 버섯을 뽑아댔다. 그렇게 열흘 정도 매일 똑같은 일을 되풀이했다. 그 무렵 신간 출판 홍보차 서점을 방문하는 '작가와의 만남' 행사가 있어서, 서점 직원들과 잡담을 나누다 문득 그 이야기를 꺼냈더니, "맞아요, 버섯의 번식력은 어마어마하죠"라는 대답이 돌아왔다. 그 사람의 집에도 버섯이 자란 적이 있었다고 한다.

그렇다면 생각보다 많은 버섯 포자들이 공기 속을 떠다니는 것일까. 옛날 만화에 나오는 것처럼 습하고 그늘진 곳에 버섯이 자라는 거야 분명 청소를 하지 않아서겠지만, 베란다에 내놓은 화분 속 흙은 청소기를 댈 수도,

햇볕이
아깝잖아요
│
다시,
버섯의 계절

걸레로 닦을 수도 없다. 가까이에 포자가 있으니 막을 방법이 없다.

삽으로 주변의 흙을 퍼내 버리면 될까. 버섯을 뽑은 다음 그 주변의 흙까지 버리는 작업도 추가하기로 했다. 눈에 보이지는 않지만, 이 흙은 분명 포자투성이일 테니까. 하지만 그렇게 해도 버섯은 계속 번식했고, 이 전쟁은 한 달이나 이어졌다. 결국엔 버섯도 지쳤는지 더 이상 자라지 않았다. 안심하면서도 막상 서운했다. 제멋대로 자라날 때는 마치 베란다가 비위생적이고 관리가 잘 안되었나 싶어 짜증이 나기도 했지만, 반대로 내 의지로 버섯을 키웠다면 좋지 않았을까. 새송이나 송이를 직접 키워 수확하면 더더욱 재미있겠지.

'버섯 재배 키트'라는 제품이 있는 걸 보니 집에서 버섯을 키우는 것도 꿈은 아닌 것 같다.

하지만 나는 지금까지도 버섯을 키우지 못했다. 머리가 꽉 차서 도저히 버섯을 키울 수 있는 상태가 아니었다. 최근 한두 달간은 쉴 새 없이 틈만 나면 아무데서나 노트북을 켜고 일을 하는 유목민 같은 생활을 했다. 오랜

만에 단행본 출간 준비를 했기 때문이다.

사실은 지금 돈이 부족해 생활이 빠듯하다. 앞서 태풍이 오는 시기가 내 생일이라고 밝혔지만, 태풍은 둘째 치고 돈이 없어서 아무것도 하지 못했다. 사이타마에 사는 부모님 댁에 가는 교통비조차 아낀다. 어느 순간 정신을 차려보니 저금이 부쩍 줄어 있었다. 이제부터 어떻게 살지 노후가 불안해졌다. 그렇다고 하고 싶지 않은 일을 억지로 해서 돈을 벌기보다는 내가 선택한 직업인 작가로서의 자존심을 지키는 편이 낫다. 광고 일을 해서 수입을 얻을 수도 있지만, 스스로 납득이 되는 것만 쓰려고 한다. 앞으로 돈을 벌기 위해 노력은 하겠지만, 작가로서 최소한의 자존심을 지키면서 일하고 싶다.

그래서 돈은 없지만 영어회화 학원에 다닌다. 다음 달 뉴욕에서 열리는 번역 관련 행사에 초대받았기 때문이다. 언젠가는 《겐지 이야기》를 현대어로 번역해보고 싶어서 얼마 전까지 문화센터에서 《겐지 이야기》 번역 수업도 수강했다. 그래, 나에게는 미래가 있다.

몇 년 전 후지산을 오르던 중, 작은 바구니에 버섯을 가득 담아 내려오는 노부부와 스쳐 지나갔다. 버섯 수확이 허용되는 장소가 어딘가 있는 거겠지 싶었다. 남편이나 아내 중 누군가가 버섯에 대해 잘 알고 있을지도 모른다. 아니면 산을 내려가 전문가에게 버섯을 보여주고 독버섯이 없는지 물어보겠지. 그 모습이 마냥 좋았다. 나는 상상했다. 어느 가을날, 할머니가 된 나와 할아버지가 된 남편이 바구니를 들고 버섯 캐러 가는 모습을. 지금은 버섯을 재배할 여유도 그것을 캘 여유도 없다. 아직은 일할 시기니까 기를 쓰고 일해야지. 나중에는 버섯도 키우고 수확도 하리라.

스스로 납득이 되는 것만 쓰려고 한다.
앞으로 돈을 벌기 위해 노력은 하겠지
만, 작가로서 최소한의 자존심을 지키면
서 일하고 싶다.

17.

겨울 생활

라면 한 그릇을 비우니 다시 기운이 났
다. 맛있었다. 어쨌든 앞으로도 책을 읽
고, 글을 쓰고, 화초를 돌보고, 밭을 일구
고, 산책하며 살아가야지. 별 수 있나.

12월이 되었지만, 녹색 커튼에서 아직 나팔꽃이 핀다.
여름보다 꽃이 더 많이 피어서 그대로 놔두었더니 추운
아침에도 파란색과 보라색 둥근 꽃이 핀다. 온도가 아니
라 햇볕에 반응하는 것일까. 남향 베란다라서 날이 추워
도 어느 정도의 햇볕은 내리쬔다. 여름 채소인 토마토와

가지도 아직 조금씩 열매를 맺는다. 먹으면 맛이야 없겠지만.

집 안에서는 난방을 틀고 밖에 나갈 때에는 코트를 껴입는다. 베란다에 나갈 때마다 일일이 코트를 챙겨입는 것도 귀찮아서 파자마 위에 촌스러운 기모 운동복을 겹쳐 입고 나간다. 물뿌리개를 들고 덜덜 떨면서 한 바퀴 물을 주고는 방으로 돌아와 몸을 데웠다가 다시 베란다로 나가 여러 번에 나누어 물을 준다. 귀찮아서 물을 주지 않을 때도 있는데, 맑은 날이 줄었기 때문에 매일 물을 주지 않아도 흙이 마르지 않았다.

추위 때문에 베란다 테이블에서 시간을 보내지 않게 되자 꽃을 보며 멍하니 있는 시간도 줄어들었다. 이제부터 식물과 거리를 두고 석 달 정도를 지내게 된다. 냉기를 집 안으로 들이지 않으려 환기 시간도 줄인다. 집 안에만 있다 보니 기분이 우울해진다. 아무래도 겨울인가 보다.

열심히 일하고 있지만, 돈은 둘째치고 내가 쓰는 글

들이 세상에 도움이 되는 것 같지 않다. 내가 할 수 있는 일로 사회에 기여하고 싶은데, 한가한 취미 정도로 여겨진다는 사실이 견딜 수 없다. 내가 하는 일이 얼마나 의미 있는 일인지 확신할 수 없다. 나는 자괴감에 빠졌다.

쓰는 일을 중단하고 가까운 라면집에 갔다. 라면집은 제법 붐볐다. 젊은이들이 북적북적 라면과 밥을 먹고 있었다. 밥이 무한 리필이어서 몇 번씩 밥통에서 밥을 퍼다 먹는 모습이 대단하다고 생각했다.

나는 옛날보다 먹는 양이 줄었고 입맛도 변했다. 단것은 전혀 먹지 않고 파나 버섯이 맛있어졌다. 나의 활기찬 시간은 이미 지나가 버렸고, 앞으로 남은 날들도 비실비실하게 보내겠지. 라면집의 젊은이들을 눈부시게 바라봤다. 라면을 주문했다. 라면을 기다리는 동안 프루스트의 《잃어버린 시간을 찾아서》 문고본을 펼쳤다.

라면 한 그릇을 비우니 다시 기운이 났다. 맛있었다. 그러자 조금 전까지 암담했던 나의 미래도 괜찮게 느껴졌다. 배가 고파서 우울해졌던 것이었을까. 어쨌든 앞으로도 책을 읽고, 글을 쓰고, 화초를 돌보고, 밭을 일구고,

산책하며 살아가야지. 별 수 있나.

드디어 부동산 중개업소에 찾아갔다.

원하는 조건을 말하고 매물 목록을 받고 집을 구경
했다. 지금 살고 있는 집과는 이별이다. 남향의 넓은 베란
다가 있고, 후지산도 빌딩 숲도 보이는 전망 좋은 아파트
를 떠나기로 결심한 것이다. 경제적 불안 때문이었다. 남
편과 의논해서 더 싼 집을 찾기로 했다.

지금 집은 원래 나 혼자 살던 집이어서 '남편이 이사
를 오면 맞벌이 부부가 되니 집세 부담이 줄지 않을까' 하
고 안이하게 생각했다. 하지만 막상 그렇지 않았다. 결
혼 전, 남편은 검소한 생활을 하던 사람이었다. 그는 소박
한 생활에 매우 만족했고 나도 그 점이 좋았다. 결혼 전
의 나는 '더 잘나가는 작가가 되기 위해 그날 번 돈은 그
날 다 쓰자!'는 어리석은 생각을 하며 돈을 낭비하고 있
었다. 결혼 후에는 나의 소비생활을 반성했다. 소비 수준
을 남편에게 맞추기로 결심했다.

'수입이 차이 나는 커플은 수입이 낮은 쪽에 금전 감

각을 맞추는 것이 좋다'고 한다. 하지만 나는 그렇게 하지 못했다. 낭비까지는 아니지만, 생활이 개선될 정도로 낮추지 못했다. 남편과 원래 내 소비의 중간 정도를 유지한다는 생각으로 돈을 썼다. 사람 좋은 남편은 나의 사치를 눈감아주었다. 결혼 전보다는 검소하게 사는 셈인데도 혼자 살 때보다 지출이 훨씬 컸다. 몇 년은 그럭저럭 버틴다 해도 노후를 어떻게 보낼지 막막했다.

지금 나의 수입은 그럭저럭 괜찮은 편이지만, 기본적으로 불안정한 직업이라 앞으로 어떻게 될지 알 수 없다. 예전부터 '집세를 낮추자'는 얘기가 오갔던 터라 어차피 할 거라면 빨리하는 게 좋겠다 싶어 움직이기 시작했다.

집세가 싼 집을 목표로 삼으면 넓은 베란다도 전망도 포기해야 한다. 하지만 '식목 화분을 놓을 공간은 있었으면', '볕은 잘 들었으면' 하는 욕심을 포기할 수는 없었다. 떨떠름하게 고민하다가 실제로 행동에 옮기니 차츰 마음이 움직였다. 우울한 마음도 긍정적으로 바뀌기 시작했다.

'새 동네를 산책하는 것도 좋을지 몰라', '지난번과

다르게 가구를 배치해야지', '서재는 북향이 좋다고들 하는데 지금까지는 남향이라 컴퓨터 모니터가 잘 안 보여서 힘들었어. 방이 따뜻하고 밝으면 졸음이 와서 멍해지니까 집중도 잘 안 되고', '자주 갈 만한 서점이랑 일할 수 있는 카페도 찾아봐야지'.

지금 나의 상황은 겨울이다. 볕이 닿지 않고 몸과 마음의 움직임도 예전에 비해 꿈뜨다. 하지만 이미 겨울이 되어버렸으니 어쩔 수 없다.

한겨울에도 나팔꽃을 꺾지 못하는 이유는, 계절이 맞지 않아도 피고 싶은 꽃과 '유통기한'이 지나도 여전히 글을 쓰고 싶은 내가 닮아서일지도 모르겠다.

18.

베란다여 안녕

매일 풍경을 향해 작별을 고한다. 베란다에서 보이는 하늘, 빌딩 숲, 공원, 멀리 있는 관람차에게. 두 번 다시 볼 수 없으니 사진을 찍어야겠다고 생각하면서도 셔터는 누르지 않는다.

베란다는 이제 나의 베란다가 아니다. 이제 일주일 후면 내 손을 떠난다.

다음 주에는 지금 집보다 월세가 60만 원 싼 집으로 이사한다. 연수입 대비 집세가 싼 편인데도 계속 돈이 없다. 옷도 잘 사지 않게 되었고, 파 줄기나 순무 잎도 먹었

안녕 베란다여 × 아깝잖아요 햇별이

고, 남편에게는 도시락을 싸주었는데도 돈이 자꾸만 없어진다. 이상하다. 여행도 가고 레스토랑에도 갔기 때문일까. 사치를 부렸는지도 모른다.

　나는 원래 이사를 좋아한다. 가쓰시카 호쿠사이(우키요에 화가. 1760~1849)는 평생 93번이나 이사를 다녔다고 한다. 나는 거기에 미치지는 못해도, 꽤 이사를 다닌 편이다. 세상에는 '이동형'과 '정주형' 두 종류의 인간이 있다는데, 나는 이동형이 틀림없다. 미니어처 신발과 식품을 수집하고 작고 귀여운 도시락 만들기를 좋아하는 걸 보면 정주형 기질도 있는 것 같기는 하지만, 이사할 때의 설렘이나 여행 계획을 세우는 마음을 생각하면 확실히 이동의 피가 흐른다고 할 수 있다.

　처음에는 산기슭에 사는 걸 꿈꿨다. 《후지 일기》의 작가인 다케다 유리코 같은 글을 쓰고 싶었다(10쪽 참고). 부동산 검색 사이트에서 목표 매물을 검색했다. 그런데 생각보다 집세가 싸지 않았고, 임대로 나온 집들은 좀처럼 개성적인 집이 없고, 장소도 마땅치 않았다. 밭을 일구는 일도 그렇게 만만한 일이 아니었다.

우선 나무가 많은 동네를 찾기로 했다. 결국 아파트 1층을 선택했다. 전용 정원이 있다는 점이 결정적이었다. 이 정도 넓이라면 베란다에서 키우던 식물들을 모두 데려갈 수 있다. 더 늘릴 수도 있겠지. 남향이고 볕이 잘 들어서 잘 자랄 거야. 북쪽에 있는 방은 서재로 쓰면 된다. 집 안의 소음이 잘 울리지 않는 구조도 좋았다. 도심에서 꽤 떨어져서 가까운 역까지 상당히 걸어야 하지만, 방도 늘었고 설비도 사실상 더 좋아졌다. 원래 살던 집은 역에서 가깝고 경치가 좋아 마음에 들었지만, 인테리어가 낡았고 설비가 제대로 갖추어져 있지 않아 욕실에 목욕물 데우기 기능조차 없었던 곳이었다.

설날은 여섯 시 반에 일어나 첫 일출을 베란다에서 보았다. 남향이라서 몸을 밖으로 빼면 왼쪽으로 일출이 빼꼼 보였다. 서둘러 꼭대기인 14층으로 올라가 반대편 통로로 나가본다. 거기서는 아름다운 일출을 볼 수 있었다. 하늘에 노란 원이 떠 있었다. 막 뜨는 순간을 보지 못한 것이 그저 분했다.

햇볕이 × 아깝잖아요 베란다여 안녕

그래서 다음 날도 보았다. 군청색 하늘에 빌딩 숲의 그림자가 뜬다. 그 좁은 틈으로 용암처럼 햇빛이 드리우기 시작했다.

나는 그제야 만족했다. 확실히 깨달았다. 보고 싶었던 경치를 볼 수만 있다면 상관없다. 보지 못했던 것, 보지 않았던 것을 보면 깊은 만족감을 느낀다. 거기에 어떤 의미가 있다거나 누구와 무엇을 공유할 수 있다거나, 그런 것들은 아무래도 상관없다. 내가 세상을 볼 수 있으면 된다.

문학도 그렇다. 짝사랑이라고 해도 상관없다. 세상에 대해서도 그러하듯 내 방식대로 사랑하면 된다. 내가 재미있다고 느끼는 사랑법을 찾기 위해 책을 읽고 글을 쓴다. 식물에도 늘 그렇듯이.

세상 사람들이 나를 향해 은둔자라고, 작가로서 평가받지 못해 도망쳤다고 비난할지도 모르지만, 알 게 뭔가. 세상과 조금 떨어진 곳에서 정원을 가꾸면서 독서와 집필에 전념하고 최소한의 인간관계만 유지할 것이다.

매일의 풍경을 향해 작별을 고한다. 베란다에서 보이는 하늘, 빌딩 숲, 공원, 멀리 있는 관람차에게. 두 번 다시 볼 수 없으니 사진을 찍어야겠다고 생각하면서도 셔터는 누르지 않는다. 사진을 못 찍어서 어차피 잘 나오지도 않을 거야. 그럼 뭔가 메모라도 할까 생각하지만, 그것도 잘 되지 않는다. 이미 글로 많이 썼으니까 보는 것만으로도 만족한다.

안녕 베란다여 × 아깝잖아요 햇볕이

19.

밤의 정원 옆에서

> 우리는 결국 누군가에게 계속 자신의 그
> 림자를 뻗으면서 살게 된다. 그렇게 내
> 그림자가 닿는 모든 곳이 따뜻해지길 바
> 란다.

"시들어버렸네."

한겨울에 이사하는 바람에 베란다에는 다년초 식물
몇 개와 장미, 나무만 남게 되었다. 여주와 나팔꽃, 채소
는 말라버렸다. 베란다를 그다지 내다보지 않았던 남편
은 그제서야 알아차렸는지, 아쉬운 듯 말했다.

남편은 일년초와 다년초의 차이를 모른다. 나는 겨울 베란다가 원래 그렇지 하고 생각하면서도, 내가 죽인 것 같은 기분에 사로잡혔다. 나의 말라버린 애정이 베란다도 시들게 만든 건 아닌지.

그즈음 기쁘게도 임신 사실을 알게 되었다. 두근거리며 몇 번인가 산부인과에 찾아갔다. 내 안에 작은 생명이 존재한다는 사실, 나로 인해 새로운 생명이 자란다는 사실은 식물을 키울 때보다 몇 배의 즐거움을 안겨주었다. 임신 중에 가드닝을 하게 되면 톡소플라스마에 감염될 우려가 있다는 사실을 알게 되어, 혹시나 하는 마음에 식물도 멀리하고, 채소나 조미료를 유기농으로만 챙겨 먹었다. 아이가 태어나면 2, 3년간은 식물을 돌볼 여유 같은 건 없을 거라는 생각도 들었다.

그러던 어느 날, 아이는 거짓말처럼 유산되었고 나는 긴 겨울을 보냈다. 베란다엔 봄이 찾아왔지만, 나에겐 봄이 찾아오지 않았다.

아기를 유산하고 한 달 정도 지나 부모님 댁에 갔는

데 아버지가 기운이 없어 보였다. 함께 병원에 가보니 췌장암이 발견되었다. 그때부터 매일 아버지가 계신 사이타마에 갔다. 가까운 병원에 입원했다가, 더 큰 병원으로 옮기고, 결국 다시 퇴원해서 집으로 돌아왔다. 아버지는 먹는 양이 줄었지만, 국수와 된장국은 잘 드셨다. 집에서 삼계탕을 만들어 가져가고, 카레도 만들어 갔다. 다행히 내가 만든 음식을 잘 드셨다. 하지만 다시 입원하고 얼마 지나지 않아 음식을 아예 못 넘기게 되셨다. 걷는 것도 힘들어해서 집 안에서만 생활하셨다. 면도를 해드리고 손발을 닦고 로션을 발라드렸다. 어쩐지 나는 다른 사람을 돌보기 좋아하는 인간인가 싶었다. 내가 이렇게 기쁘니까.

이미 파종 기간은 지났다. 올해는 씨앗 하나 뿌리지 못했다. 옛날 집에서 가져온 다년초와 장미, 아보카도, 드래곤프루트에 물을 주는 것만으로도 벅찼다. 변변한 비료도 주지 못했는데, 올해도 장미는 피었다. 처음 핀 한 송이를 꽃병에 꽂아두었다.

옆에서 밤의 정원 × 아깝잖아요 햇볕이

씨앗에서 자라 3년이 지난 자몽에는 호랑나비 애벌레가 꼬였다. 작년에도 생겼던 걸 보면 애벌레가 자몽을 좋아하는 것 같다. 작년에는 남편이 애벌레를 잡아주었지만, 올해는 그냥 애벌레가 먹게 놔둘까 싶기도 하다. 분명 이파리를 전부 먹어버리겠지만. 3년이나 키웠기 때문에 아쉬워도, '이것이 자연의 법칙인가' 하는 생각도 든다. 벌거숭이가 될지언정 잎이 나지 않는 건 아니니까.

가드닝을 할 수 있는 날들이 언젠가 또 올지, 아니면 오지 않을지 모르겠다.

결혼 전부터 신혼 시절까지, 지진 전후를 줄곧 식물을 키우며 작은 베란다에서 보냈다. 소중한 시간이었다. 그곳에서 보낸 잔잔한 날들은 다시 오지 않을지도 모른다.

그리고 잔잔한 날들 가운데 찾아온 괴로움은 앞으로의 삶에 또 다른 씨앗이 되어줄지도 모를 일이다. 아니면 그저 겨울잠이었다고 해도 괜찮겠지.

잘라도 잘라도 또 자라는 드래곤프루트와, 세상에

남은 미련 하나 없다는 듯 시들었다가도 매해 다시 싹 트는 새싹을 보고 있으면 그런 생각이 든다. 내가 품고 내뱉은 글이나 공기 같은 것들은 어떤 형태로든 다음 세대에 남게 된다고. 우리는 결국 누군가에게 계속 자신의 그림자를 뻗으면서 살게 된다.

그렇게 내 그림자가 닿는 모든 곳이 따뜻해지길 바란다.

햇별이
아깝잖아요
×
밤의 정원
옆에서

그 이후의 이야기

이 책은 아버지가 돌아가신 달에 출간되었다. 책 홍보 스케줄을 소화하기가 꽤 힘들었다. 일은 계속하는데 돈과 시간은 점점 없어지고 식물은 자라기만 했다.

식물들은 내게 여러 가지를 가르쳐주었다.

올리브, 여주, 바질, 장미, 아보카도, 드래곤프루트……. 많은 채소와 꽃들에 고맙다고 인사하고 싶다. 나는 식물을 통해 꽤 많은 것을 배웠다. 일을 하면서 좁아졌던 나의 시야도 식물들 덕분에 다시 넓어졌다.

사람과 장소, 일 사이의 모든 관계는 시간과 함께 계속 변한다. 다정한 시기도 있고, 거리가 생기는 시기도 있다. 가까워졌다가 멀어지고, 다시 가까워지고. 관계도 파도처럼 출렁인다. 지금은 가드닝과 멀어졌지만, 어느 순간 다시 가까워질 수 있겠지. 사람과 사람 사이의 관계처럼 한 번 맺어진 관계는 가늘어지기는 해도 끊어지지는 않는다. 할머니가 되면 다시 한번 식물을 가꾸며 살고 싶다.

마흔이 된 지금은, 말하자면 정원과 '거리를 둔' 시기다. 올리브와 장미, 드래곤프루트가 가까스로 살아 있지만, 일년초는 키우지 않는다. 여름에는 '녹색 커튼' 대신 발을 쳐둔다. 정원에는 잡초가 많이 자라 무성하다.

정원을 돌보지 못하게 된 이후 늘어난 식물은 가와즈자쿠라(일본에서 가장 일찍 피는 벚꽃)와 만년청 열매뿐이다. 가와즈자쿠라는 아이가 태어났을 때를 기념하여 산 나무다. 한 번 유산한 뒤 찾아온 아이라 더욱 특별했다. 누군가가 '아이의 탄생을 축하하는 뜻으로 나무를 심고 아이와 함께 자라는 것을 지켜보는 것이 기쁘다'라고 했던 것이 기억났다. 나는 기쁜 마음으로 나무를 심었다. 가와즈자쿠라를 심은 이유는 아이가 태어난 계절에 꽃을 피우는 나무였기 때문이다. 생일마다 꽃이 피는 모습을 보면서 아이도 용기를 얻었으면 좋겠다.

마흔에 둘째를 임신 중인 지금은 지극히 평범한 일상을 누리고 있다. 일과 육아를 하다 보면 눈 깜짝할 사이에 1, 2년이 지나간다. 원예뿐만 아니라 만돌린 연주, 뜨개질, 수예, 일러스트 같은 취미도 있었지만, 오랫동안 하지 않았다. 영화를 보러 가는 일도 드물다. 여행이나 레스토랑과도 멀어졌다. 아버지의 치료비를 대고, 빚을 떠안고, 불임 치료와 육아로 저축이 바닥났다. 후회는 않는다. 그저 작은 세상에서 조용히 살고 있을 뿐이다.

나의 작은 세상에 유일하게 생기는 틈이라면 아이를 보육원에 데려다주고 데리고 올 때, 손을 잡고 강가를 걸을 때뿐이다. 집에서 보육원까지는 걸어서 15분 정도. 아이와 함께 걸으면 30분 넘게 걸린다. 그 시간이 너무나도 행복하다. 보육원까지 가는 길은 대부분 강 옆으로 난 길이다. 한 발짝만 더 내디디면 빠질 것 같은 아주 작고 소박한 길. 강 가까이 내려갈 수 있어서 아이와 나는 계단을 내려가 천천히 걷는다.

걸으면서 계절의 변화를 느낀다. 4월에는 벚꽃이 흐드러지게 핀다. 강가는 연한 분홍색으로 수놓이고 강물에는 꽃잎이 카펫처럼 깔린다. 5월에는 엄마 오리와 새끼 오리가 헤엄친다. 요즘은 강가가 정원처럼 느껴진다.

인간은 계절의 변화를 체감하면서 쾌감을 느낀다고 한다. 자신의 리듬만으로 살아가던 흐름이 흐트러지는 쾌감. 매일 보는 경치가 나의 '타이밍'과는 상관없이 바뀌어간다. 내가 세상에서 그다지 중요한 인물이 아니라는 안도감. 그 안도감이 나를 구원한다. 내가 열심히 일하건 하지 않건 세상과는 아무 상관도 없다는 가벼움. 아무리 훌륭하고 대단한 일을 해내도 지구는 그저 계속 회전할 뿐이다. 배 속의 아이를 잃어도, 아버지가 돌아가셔도, 다시 아이가 태어나도, 하던 일이 실패해도 꽃은 핀다.

나는 지구의 회전을 느끼고 싶다. 나 자신의 덧없음을 느끼고 싶다. 그런 마음으로 정원을 만들고 강가를 산책한다. 어쩌면 육아 역시 그 연장인지도 모른다. 내 타이밍과 상관없이 아이가 태어나고, 내 리듬과는 다른 리듬으로 성장해서 제멋대로 내 음악을 흐트러뜨린다. 그런 불협화음 속에서 오히려 나는 편안함을 느낀다. 나 혼자 연주하는 것이 아니다. 세상에는 수많은 음악이 넘쳐나고 있으니 다양한 음악에 섞여들면 된다. 조급해하지 않아도 된다. 정원도, 강물도, 아이도 각자의 흐름으로 계속 변한다.

가드닝에 대한 내 맹렬한 집착은 육아에 쏟을 열정을 대신한 것이라고 생각했는데, 정말이지 가드닝과 육아는 비슷한 면이 있다.

정원에 빨래를 널러 나가면 아이도, "나도 같이 나갈래" 하며 샌들을 들고 온다. 빨래를 너는 동안 아이는 물뿌리개로 여기저기의 화분에 물을 준다. 물을 준다고는 하지만 거의 물놀이 수준이라 샌들도 바지도 물에 젖는다. 빨래를 다 널고, "자 이제 들어갈까?" 하면, "이 꽃 가져갈래" 하며 잡초를 잡아 뜯기도 한다.

잡초가 자라는 탓인지 아니면 애초에 시골이어서인지 우리 가족은 꽤 '야생의 생활'을 즐기고 있다. 밤에 빨래를 걷으러 밖에 나가보면 여러 종류의 벌레가 있다. 사마귀, 꽃무지 등과 맞닥뜨린다. 이름 모를 커다란 벌레가 옷에 달라붙어 소리를 지른 적도 있다. 도마뱀붙이가 창에 붙어 있을 때도 많고, 비가 그치면 개구리도 보인다. 이른 아침이나 밤에는 너구리도 찾아온다. 아침에 눈을 떴는데 고양이 소리와는 다른 '큐- 큐-' 하는 울음소리가 들려 섀시 창의 커튼을 살짝 걷어보니, 눈앞에 너구리가 앉아 있었다.

자연의 리듬에 따라 흘러가는 나의 일상을 돌이켜보면 일이 잘 안 풀린다는 생각 따위는 아무래도 상관없어진다. '작가인데 너무 평범하다고 생각하면 어떡하지?' 같은 걱정이 얼마나 시시한 것인지. 주변에서 어떻게 생각하건, '평범'한 삶을 살건 '특별'한 삶을 살건, 하고 싶은 일이 있으면 계속할 수밖에 없다. 돈이 되지 않아도 계속할 수밖에. 사회에 어떤 기여를 하는지, 어떤 의미가 있는지는 알 수 없지만 말이다.

그저 뚜벅뚜벅 살아가고 싶다.

아이가 다 자란 뒤에는 아이에게 의존하지 않고 자신을 잘 돌볼 줄 아는 사람이고 싶다. 은퇴하거나 병으로 일을 할 수 없을 때도 나만의 취미를 곁에 두고 싶다. 그리고 언젠가 다시 정원으로 돌아가고 싶다.

정원은 분명 기다려주겠지.

2019년 1월 15일

야마자키 나오코라

그이후의이야기 | 햇볕이 아까잖아요

옮긴이 정인영

—

한국외국어대학교 비교문학과에서 번역연구로 박사학위를 받았다. 현재 한국외국어대학교 일본연구소의 초빙연구원이며 일본어 강의와 번역을 하고 있다. 옮긴 책으로는 《호랑이와 나》, 《착각 탐정단》 시리즈, 《어린이 기자 상담실》 등이 있다.

햇볕이 아깝잖아요

1판 1쇄 인쇄 2020년 3월 10일
1판 1쇄 발행 2020년 3월 20일

글쓴이 야마자키 나오코라
옮긴이 정인영
펴낸이 김성구

책임편집 현미나
단행본부 류현수 고혁 홍희정
디자인 이영민
제작 신태섭
마케팅 최윤호 나길훈 김민지
관리 노신영

펴낸곳 (주)샘터사
등록 2001년 10월 15일 제1-2923호
주소 서울시 종로구 창경궁로35길 26 2층 (03076)
전화 02-763-8965(단행본부) 02-763-8966(마케팅부)
팩스 02-3672-1873 | 이메일 book@isamtoh.com | 홈페이지 www.isamtoh.com

ISBN 978-89-464-2119-6 03830

이 도서의 국립중앙도서관 출판예정도서목록(CIP)은 서지정보유통지원시스템 홈페이지
(http://seoji.nl.go.kr)와 국가자료종합목록 구축시스템(http://kolis-net.nl.go.kr)에서
이용하실 수 있습니다. (CIP제어번호 : 2020007541)

값은 뒤표지에 있습니다.
잘못 만들어진 책은 구입처에서 교환해드립니다.